NEO ATLANTIS
Bücher, die die Seele zum Klingen bringen

Neo Atlantis
Neunkircherstraße 54
66583 Spiesen-Elversberg
Tel. 06821 8690-355
Fax 06821 8690-832
E-Mail: verlag@neo-atlantis.de
Web: www.neo-atlantis.de

Deutsche Erstausgabe Januar 2013
Text: Birgit Lotz
Illustrationen: Bruno Schäfer
Satz, Umschlaggestaltung: Neo Atlantis
Gedruckt in Deutschland
ISBN: 978-3-940930-56-9

Birgit Lotz

Familienmärchen

Eine Schatztruhe gefüllt mit neuen Märchen

Band I

Als Autorin möchte ich dir dieses Buch gerne zum Geschenk machen. Wenn es dir gefällt, oder dich manche Zeilen gar berühren, freue ich mich. Vielleicht hast du ja auch Lust, es nach dem Lesen weiter zu verschenken.

Alles Gute für dich,

Edition Sternenkinder

Die Autorin

Birgit Lotz, "Die Dame mit dem grünen Koffer" hat, seit sie denken kann, Geschichten in ihrem Kopf. Während sie eine ihrer Geschichten aufschrieb, hatte sie die Vision eines kleinen, grünen Koffers, in dem sie mit ihren Werken von Lesung zu Lesung fährt und die Herzen der Zuhörer berührt. Von diesem Zeitpunkt an wusste sie, dass sie die "Dame mit dem grünen Koffer" sein wird.

Nachdem sie sich Raum geschaffen hatte, um den wesentlichen Dingen in ihrem Leben Einlass zu gewähren, purzelten die Geschichten nur so aus ihr heraus. So blieb ihr nichts anderes übrig, als sie in Form von philosophischen Erzählungen, Kurzgeschichten, Märchen, Kinderbüchern, Meditationen und Gedichten zu Papier zu bringen.

Durch das Schreiben und die ehrliche Auseinandersetzung mit ihrer eigenen Person hat sie wieder zu sich selbst gefunden.

Die Dame mit dem grünen Koffer möchte mit ihren Texten dazu beitragen, dass der Leser in Eigenverantwortung seinen Weg findet, auf dem er erkennen und leben darf, wer er ist und was ihn ausmacht. So, dass er mit Freude sagen kann: „Das bin ich. Das ist mir wichtig. Ich bin mir wichtig."

Sie möchte durch ihre Texte Hoffnung schenken. Hoffnung auf ein friedliches Zusammenleben in gegenseitiger Wertschätzung und Akzeptanz des Anderen, der verschiedenen Wünsche, Prioritäten und Lebensbilder.

Der Autorin ist es wichtig mit ihren Büchern dazu beizutragen, dass der Leser, gleichgültig welcher Altersstufe, um sein Potential weiß, es entdeckt und erkennt, dass er es ist, der seinem Leben eine positive Wende zu geben vermag. Sie möchte Mut machen sich selbst zu vertrauen und den ersten Schritt ins eigene Leben zu wagen.

Der Illustrator

Bruno Schäfer, wurde im Nordsaarland geboren und arbeitet seit mehr als 20 Jahren als Physiktechniker in der Forschung.

Er beschäftigt sich seit frühester Kindheit mit Zeichnen und Malen.

Autodidaktisch setzte er sich dabei mit den verschiedensten Techniken auseinander.

In seinen Illustrationen ist es ihm möglich seiner Phantasie freien Lauf zu lassen, denn „Phantasie ist wichtiger als Wissen, denn Wissen ist begrenzt." (Albert Einstein).

Seine Bilder wollen durch ihre Harmonie aus Form, Farbe und Licht sowie ihrem symbolisch, kryptischen Charakter zum Verweilen einladen und zum Weiterdenken inspirieren.

Als Gegenpol zum schnelllebigen, überreizten Alltag möchte er die Seele des Betrachters ansprechen.

Zur Illustration

Die Illustrationen sind aus den inneren Bildern des Künstlers entstanden, die die einzelnen Märchen in ihm haben aufsteigen lassen.

Er hat es bewusst vermieden, Figuren zu zeichnen, um der Fantasie und den inneren Bildern des Lesers nicht im Wege zu stehen.

Die Zeichnungen laden zur intuitiven Betrachtung ein.

Ein Gedanke von Bruno Schäfer war die Möglichkeit eines gegenseitigen Austausches untereinander, um der persönlichen Wahrnehmung jedes Einzelnen Raum zu geben.

Mögen sich viele Menschen finden, die aus ihren individuellen Sichtweisen heraus, durch gegenseitiges Betrachten, Erzählen und Zuhören zueinanderfinden. Mögen sie ein wenig näher zusammenrücken, dem Zauber der Gegenwart vertrauen und an die Erfüllung ihrer Wirklichkeit glauben.

Vorwort der Autorin

Ich habe festgestellt, dass es sowohl die großen, als auch die kleinen Menschen genießen, wenn ihnen jemand eine Geschichte vorliest. Wenn es ein Märchen ist, bekommen sie besonders große Augen. Sie lassen alles los und vertrauen sich dem Augenblick an. Jedes Märchen findet erst sein Ende, wenn alles gut ist.

Es gibt Geschichten von Drachen und Sternenkindern, von Anna und Kurtchen und vom Denkerchen. Außerdem sind da noch Knollennäschen Knatterfuß, Oskar und viele andere Wesen, die deine ganze Aufmerksamkeit fordern, und am schönsten ist es, wenn man sich ein Märchen vorlesen lässt.

Weißt du, was das Gute an einem Märchen ist? Jedes Einzelne beginnt meist mit dem Satz: „Es war einmal". Folglich liegt aller Schrecken in der Vergangenheit. Und die ist in jedem Augenblick, in dem du dich gerade befindest, vorüber. Darum braucht sich niemand vor einem Märchen zu fürchten. Es ist vorbei. Was folgt ist eine erfüllte Zukunft.

Allerdings solltest du dir die Geschichte mit dem Prinzen auf dem weißen Pferd, der Schneewittchen das Leben rettet und sie auf sein Schloss entführt, bei meinen Märchen aus dem Kopf streichen. Ich verrate dir jetzt schon, dass sich Schneewittchen hier ganz anders entschieden hat.

In meinen Märchen sind es nämlich meistens die Kinder, die den größten Mut aufbringen und die schlimmsten Ängste überwinden, die spürbarste Liebe in sich tragen und alles heller machen. Darum erfüllt es mich mit Freude, wenn du das Märchenbuch aufschlägst, dich dem Augenblick hingibst, um wieder ganz Kind zu sein.

Inhalt

Von der anderen Seite

Heute will ich dir von einem Tag lange vor deiner Zeit erzählen, als die Menschen noch spürten, was ihnen der Himmel versprach.

Es waren einmal ein kleines Mädchen und ein kleiner Junge. Die hatten keine Mutter mehr. Wenn du denkst, dass die beiden deswegen traurig waren, dann irrst du dich. Ihr Vater war ein guter Mann und es mangelte ihnen an nichts. Außerdem besaß jeder der beiden einen Stern, der sie durch ihr Leben begleitete. Zu jener Zeit hatte jedes Lebewesen einen Stern. Selbst die kleinste Laus.

Und jeden Abend, bevor sie sich zum Schlafen niederlegten, berichteten die Menschen ihrem Stern von dem, was sie bewegte. Ihm konnten sie alles erzählen. Ihre Enttäuschungen, ihre Traurigkeit, ihre Wut, ihre Angst, ihre Freude, ihre Hoffnungen und Wünsche.

Und weil sich die Menschen so gut mit den Sternen verstanden, brauchten sie keine Angst zu haben, denn sie glaubten daran, dass mit deren Hilfe alles gut war und sich sogar ihre Träume erfüllen würden.

Irgendwann wurden der Junge und das Mädchen zu einem Mann und einer Frau. Der Mann verließ das Haus, um sich die Welt anzusehen und die Frau lernte einen netten Mann kennen, mit dem sie eine Familie gründen wollte. Der Vater der beiden Kinder war inzwischen verstorben. So bewohnte die Frau mit ihrem Mann das Häuschen ganz alleine.

Doch eines Tages sprach jeder der beiden eine andere Sprache. Sie schauten sich hilflos an und konnten sich nicht mehr verstehen. Von diesem Tag an begannen sie zu schweigen. Und eines Morgens packte der junge Mann seinen Rucksack und verließ das Haus.

Was dem folgte, geschah an einem kalten Winterabend. Der Mond stand genau über dem Haus, in dem die junge Frau nun alleine wohnte. Rund um das Haus war ein wunderschöner Garten. An den Garten grenzte ein Wald.

Die junge Frau war schwanger und gebar in dieser kalten Nacht ihr Kind.

Hör nun gut zu. Öffne Herz und Ohren, um zu verstehen, was da geschah. Das Kind war ein Mädchen und seine Mutter taufte es auf den Namen 'Die mit dem Wind singt'.

Die Zeit verging und 'Die mit dem Wind singt' wurde größer. Glaube mir. Niemand verstand wohl mehr von den Pflanzen, als die Frau und das Kind. Im Frühjahr bestellten sie den Garten. Im Sommer hegten und pflegten sie die Pflanzen mit so viel Liebe, dass diese vor lauter Freude immer größer wurden.

Im nahe gelegenen Wald fanden sie Brennholz, das ihnen im Winter die Stube wärmte. Im Herbst ernteten sie so viel Beeren, Nüsse und Wildkräuter, dass sie über den ganzen Winter gut versorgt waren. Es blieb sogar noch so viel übrig, dass jeder, der das Haus betrat, eingeladen war mit am Tisch zu sitzen und sich satt zu essen.

Aus Dankbarkeit wurden die Frau und das Kind mit den feinsten Stoffen und edelsten Farben beschenkt. So wurde das Häuschen immer gemütlicher und farbenfroher. Und weil die beiden so voller Lebenslust waren, wurden sie an den kalten Winterabenden oft in die Häuser gerufen, um von den Tieren im Wald und den Blumen im Garten zu erzählen. 'Die mit dem Wind singt' hatte so eine schöne Stimme, dass jedem das Herz aufging, der ihr zuhörte. Durch ihren Gesang wurden die Abende kurzweilig und vertrieben die Einsamkeit der Bewohner.

Immer mehr Menschen wussten nun um die Schönheit der Farben, den Duft der Pflanzen und von der Faszination des Gesanges. So war es selbst im Winter nicht still auf den Straßen und in den Häusern. Aus jedem Haus stiegen wunderbare Gerüche in die Nase derer, die darin wohnten oder vorüber gingen. Man hörte die Menschen singen und jeder nahm sich Zeit für den anderen.

"Die mit dem Wind singt" wurde größer und schöner. Und eines Tages lernte sie einen jungen Mann aus dem kleinen Dorf lieben, der nichts lieber wollte, als immer mit ihr zusammen zu sein. Da es ihr genauso ging, öffnete sie ihm die Tür, damit er mit seinem Hab und Gut in das kleine Häuschen am Waldrand einziehen konnte.

Die Mutter war inzwischen alt geworden und froh, dass es jemanden gab, der nun für sie das Feuerholz sammelte und das Häuschen in Ordnung hielt. Sie durfte sich nun in ihrem Schaukelstuhl zurücklehnen und Geschichten erzählen, die sie in all den Jahren gesammelt hatte. Und weil sie nun so viel Zeit hatte, kamen immer neue dazu.

Nach ein paar Jahren gebar auch 'Die mit dem Wind singt' ein Kind. Es war ein kleiner Junge. Sie nannten ihn: 'Der mit den Bäumen spricht'. Das tat er oft, wenn er mit seinem Vater in den Wald ging. Doch eines Tages geschah etwas Seltsames.

Da kam jemand in den kleinen Ort, der keine Lieder kannte. Er wusste auch nichts von den Farben. Seine Herkunft kannte niemand. Der Mann sah, wie die Menschen in den Häusern ein- und ausgingen und jeder für den anderen da war. Alle zeigten so viel Freude in ihren Augen.

Dort wo jemand traurig war, gab es auch immer einen, der ihn tröstete. Wenn ein Kind hinfiel, war jemand da, der ihm half aufzustehen. Und überall wo ein alter Mensch war, gab es auch junge Leute. Dort wo Menschen arbeiteten, ruhten sich andere zur gleichen Zeit aus.

Weil der Fremde so etwas noch nie erlebt hatte, holte er sein Geld aus der Tasche, um sich auch etwas von diesem Glück zu kaufen. Doch niemand wollte sein Geld. Stattdessen lud ihn jeder in sein Haus ein, um ihn an der Freude teilhaben zu lassen.„Du bist unser Gast und uns willkommen", sagten die Menschen zu dem Fremden. „Was du Geld nennst kennen wir nicht. Erzähl uns davon."

So setzte sich der Fremde nieder und erzählte von all den Reichtümern, den Fabriken, den Geschäftshäusern und Büroräumen. Von den schönen Dingen, die man sich mit dem Geld kaufen konnte und von den vollen Geschäften, die alles hatten, was das Herz begehrte. Nur vom Glück und der Zufriedenheit, da wusste er nichts zu erzählen.

Stattdessen berichtete er von Krankheit und Einsamkeit, von Kriegen und Neid. Von traurigen Gesichtern und von Menschen, die ihre Köpfe hängen ließen. Er schaute auf das Geld in seiner Hand und schämte sich für seine Gedanken. „Bezahlen wollte ich für das, was ihr mir gegeben habt," sagte er leise.

Alle, die um ihn herum saßen schwiegen und schauten vor lauter Traurigkeit, über das, was sie gehört hatten, zu Boden. Schließlich stand einer von ihnen auf und sprach: „Du hast uns mehr gegeben, als du glaubst. Du hast uns deine Zeit geschenkt, um von der anderen Seite zu berichten. So hast auch du deinen Beitrag geleistet. Nun bist du kein Fremder mehr und in jedem Haus ein willkommener Gast."

Noch vier Jahreszeiten lang blieb der Mann in dem kleinen Ort. Er hatte inzwischen von vielem erfahren. Doch es zog ihn wieder hinaus in die Welt. Er wollte den Menschen von seinen Erlebnissen berichten. Ihnen so die Sehnsucht nach der anderen Seite vermitteln.

Es war einmal jemand, der roch nach Blumen und Gräsern und malte Bilder in den schönsten Farben. Immer wieder machte er sich auf den Weg, den Menschen von dem, was er erlebt hatte, zu erzählen.

Von der Sehnsucht mehr von der Welt zu erfahren

Es war einmal ein kleines Mädchen, das trug die Sehnsucht in sich mehr von der Welt zu erfahren.

Sie hatte das Gefühl nie richtig zu Hause zu sein. Irgendwie fühlte sie sich immer ein wenig verloren, dort wo sie war. Als würde ein Stück von ihr fehlen. Wie einen Magnet spürte sie das Verlangen in sich, den verloren geglaubten Teil von sich suchen zu müssen.

Jeden Abend, bevor sie einschlief, dachte sie darüber nach. Und wenn sie erwachte, war dies ihr erster Gedanke. Während der traurigen Momente in ihrem Leben, fühlte sie die Sehnsucht in sich Trost von ihm zu erfahren, und in den glücklichen Augenblicken hätte sie gerne ihre Freude mit ihm geteilt.

An einem Tag hatte sie sich dazu entschlossen, sich auf die Reise zu begeben. Sie packte das Nötigste zusammen und verließ den Ort ihrer Herkunft. Sie ging über Berg und Tal, kam an Flüssen und Seen vorbei und sah die Meere vor sich.

Inzwischen war sie schon so lange unterwegs, dass sie ihre Schuhe kaputt gelaufen hatte und ihren Weg barfüßig fortsetzte. So hatte sie steten Kontakt zu Mutter Erde. Über sich spürte sie den Himmel. Die Vögel waren ihre Begleiter. Und da wo sie vorbei kam, bot man ihr die Gastfreundschaft an und hieß sie willkommen. Nach einiger Zeit zog es sie jedoch immer wieder weiter.

An einem Tag kam sie an einer Hütte vorbei. Darin wohnte ein altes Ehepaar. Die Frau war gebrechlich und der Alte konnte kaum mehr sehen. Seine Augen waren fast blind. Er nahm die

Hände des Mädchens in die seinen und sprach: „Meine Reise neigt sich dem Ende zu. Ich spüre, dass ich diesen Boden bald verlassen werde. Versprich mir eine Weile hier zu bleiben und dich um meine Frau zu kümmern, bis sie bereit ist, mir zu folgen. Dafür will ich dir gerne mein Hab und Gut geben." Weil das Mädchen ein so großes Herz hatte, willigte sie ein und blieb fortan bei dem alten Ehepaar.

Nach einer Zeit geschah, was der Alte gesagt hatte. Er verabschiedete sich und schloss seine Augen für immer. So lebten das Mädchen und die Frau noch eine ganze Weile zusammen, bis auch die Reise der Alten zu Ende ging.

Das Mädchen hatte nun ein Dach über dem Kopf, aber es war einsamer als jemals zuvor. So ging sie langsam durch die Hütte und fuhr in der Erinnerung an die beiden zärtlich über die einzelnen Gegenstände, die überall im Haus verteilt waren. Dabei entdeckte sie eine kleine Holzkiste. Darauf war folgender Satz zu lesen:

ES IST ALLES IN DIR

Neugierig öffnete sie den Deckel. In der Kiste lag ein Zettel, auf dem folgender Satz geschrieben stand:

FINDE DEN SCHLÜSSEL

Sie hielt das Kästchen eine ganze Weile in ihren Händen, bevor sie den Deckel wieder schloss und es auf seinen Platz zurückstellte. „Was war wohl damit gemeint?" Mit diesem Gedanken legte sie sich zum Schlafen nieder. Als sie am nächsten Morgen erwachte, blinzelte ihr die Sonne durch das Fenster zu. So, als wolle sie sagen: „Alles wird gut. Du schaffst das. Ich bin an deiner Seite." Und wie von Zauberhand fand sie neben sich eine kleine Puppe. Die hatte ein Kleid an. Auf diesem Kleid stand in kleinen Buchstaben gestickt:

Nimm mich mit und bring mich zum Ort der Einkehr.

In diesem Moment sprach, wie aus dem Nichts, eine Stimme zu ihr: „Folge deinem Herzen."

Das Mädchen war inzwischen zu einer jungen Frau heran gereift und hübsch anzusehen. Sie spürte, dass dies der Zeitpunkt war, neue Wege zu gehen. Darum stand sie auf und verließ die Hütte. Sie ließ alles hinter sich. Das Einzige, was sie mit auf den Weg nahm, waren die Puppe und die Holzschachtel.

Nach einer Zeit der Wanderschaft traf sie auf ein kleines Haus. Die Zimmer waren hübsch eingerichtet und es war nur das Wesentliche darin zu finden. Auf dem Tisch stand ein wunderschöner Blumenstrauß. Es musste folglich jemand darin wohnen. Allerdings war aus keinem der Zimmer eine Stimme zu vernehmen. Doch auf einmal ging die Tür auf. Ein junger Mann schaute die junge Frau an und sprach: „Wer bist du?" Sie antwortete ihm: „Ich bin die Reisende. Die von überall her kommt. Die alles von der Welt erfahren möchte und kein Zuhause hat. Deren einziger Besitz die Kleider an ihrem Leib, eine Holzschachtel und eine Puppe sind. Und wer bist du?"

Der junge Mann antwortete ihr: „Ich bin der Angekommene. Der dort, wo er ist, Zufriedenheit erfährt. Der mit den Vögeln spricht und dem Wind lauscht. Dessen Gedanken ewig auf Reisen sind, der alles in sich trägt und darum überall wo er ist, seinen Platz gefunden hat. Ich habe dich erwartet. Habe darauf vertraut, dass du den Weg zu mir finden wirst. Setz dich nieder und genieße den Augenblick."

„Du sprichst zu mir, als seist du auch schon einmal auf Reisen gewesen. Als wüsstest du, wie es sich anfühlt, so eine große Sehnsucht in sich zu tragen, dass es einen nirgendwo hält", erwiderte die junge Frau. Der junge Mann antwortete ihr mit folgenden Worten: „Du hast recht. Nur wer unterwegs war, kann wissen, wie es sich anfühlt, angekommen zu sein. Nur wer das Nichts erfahren hat, möchte alles wissen. Nur wer Enttäuschung erlebt hat, erkennt das Wahre im Sein. Nur über die Bewegung kehrt Ruhe ein. Auch ich habe all das erkennen dürfen. Auch ich war ein Wanderer und bin es noch. Jedoch genügt es mir nun, dass meine Seele auf Reisen geht. Das nährt meinen Geist und schont meinen Körper. Hier habe ich gefunden, was mein Herz erfreut. Inmitten dieser Naturlandschaft ist es ein Leichtes in Zufriedenheit zu leben. Glaube nicht, dass ich an manchen Tagen nicht auch ein Gefühl der Einsamkeit verspüre. Doch es ist nur ein Gefühl. Ich bin es nicht. Dessen bin ich mir bewusst."

Die junge Frau trank ihren Tee und hörte den Worten des Burschen zu. Es gefiel ihr, was er sagte. Und während er zu ihr sprach, dachte sie an das alte Ehepaar und holte die Holzschachtel und die Puppe unter ihrem Kleid hervor. Diese beiden Dinge zeigte sie dem jungen Burschen und erzählte von der Hütte und denen, bei denen sie wohnen durfte. Da liefen dem Burschen Tränen über die Wangen.

Wenig später schaute er die junge Frau an und meinte. „Du sprichst von meinen Eltern. Du hast wohl für eine Weile bei ihnen gelebt, meine Abwesenheit ersetzt. Dafür möchte ich dir danken." Bevor er weiter sprach, dachte er noch eine Weile nach: „Irgendwann war meine Sehnsucht nach der weiten Welt so groß, dass ich mehr erfahren wollte. Ich wollte etwas finden, was mir zuvor verborgen geblieben war. Darum bin ich fortgegangen. Diese Puppe hatte mir meine Mutter genäht, nachdem ich geboren war. Die Schatulle ist von meinem Vater. Er hat sie für mich geschnitzt, als er das erste Mal meine Sehnsucht nach der Ferne gespürt hatte. Nun bist du hier und trägst beides in deinen Händen. Sag, sind wir beide nun angekommen? Bedurfte es dieser Reise, um das Wesentliche zu erkennen?"

„So könnte es sein", antwortete die junge Frau nachdenklich.

Der Bursche bot ihr an, in seinem Haus zu wohnen, wenn auch sie das wollte. Sie willigte gerne ein, denn es gefiel ihr in seiner Nähe zu sein.

Dem jungen Burschen ging es nicht anders und irgendwann bemerkten beide, dass sie sich ineinander verliebt hatten. Eines Tages fragte der Bursche das Mädchen, ob sie für immer bei ihm bleiben wolle. Das Mädchen willigte gerne ein und sagte ihm, dass das schon längst geschehen sei, weil sie ihn in ihrem Herzen trüge.

Manchmal saßen die beiden abends am Feuer und hielten die Holzschachtel und die Puppe in ihren Händen. Dann sah man sie lächeln und in den Himmel schauen.

Heute hatten sie einen Gast. Sie luden ihn ein, eine Weile bei ihnen zu wohnen. Es war ein junger Bursche, der etwas von der Welt erfahren wollte. Die Sehnsucht hatte ihn in die Ferne getrieben. Und das war gut so.

Von Anna, Micha und Kurtchen

Ich will dir heute von einem Dorf erzählen, das lange vor deiner Zeit existiert haben könnte. Die Geschichte könnte sich aber auch gerade in dem Augenblick zutragen, in dem du beginnst dieses Märchen zu lesen. Vielleicht wird es auch erst sein, wenn es dich und mich nicht mehr gibt. In der Zukunft. Im Augenblick des Schreibens ist es ein Märchen, denn es entsteht in meinen Kopf. Oder ist es ein Gedanke, der sich verwirklichen möchte? Ich habe mich vorläufig dazu entschlossen, dass diese Geschichte in genau diesem Märchenbuch stehen wird. Also ist es zum jetzigen Zeitpunkt ein Märchen. Vertrauen wir einfach auf die Zukunft und handeln so, dass wir und alles, was uns folgt gut ist.

Ich beginne nun mit den Worten, mit denen die meisten Märchen ihren Anfang finden.

Es war einmal ein kleines Mädchen, deren Name Anna war. Das Mädchen hatte auch Eltern, so wie es bei den meisten Kindern ist. Es wuchs in einem kleinen Dorf auf. Dort gab es noch Pferde und Kühe. Sogar ein paar Esel. Hin und wieder hörte man auch einen Hund bellen. In jedem zweiten Haus gab es wenigstens eine Katze. Die Menschen dort wussten wie wichtig es ist, in Kontakt mit der Natur und den Tieren zu stehen. So gehörte auch zu jedem Haus ein Garten.

In dem Dorf roch es so gut, dass es eine Wohltat war durch die Straßen zu gehen. Im Sommer hatte man das Gefühl, die Bienen und Hummeln würden, gemeinsam mit den Mücken, einen Freudentanz aufführen. Die Schmetterlinge erschienen dem Auge des Betrachters besonders bunt. In den Gärten reiften Äpfel, Birnen, Pflaumen, Kirschen, Beeren und allerlei andere Früchte. Den Bewohnern dieses Dorfes war es eine Freude dort beheimatet zu sein. In den Gärten und auf den Straßen hörte man Alte und Junge miteinander reden und lachen. Auf den Straßen spielten Kinder aller Altersstufen zusammen.

Das Besondere dieses Ortes war, dass es Regeln des Zusammenlebens gab. Glaube mir dies nun oder nicht. Die Menschen hielten sich in den meisten Fällen sogar daran.

In genau diesem Dorf lebte das Mädchen, dessen Name Anna war, zusammen mit ihren Eltern.

„Anna, komm herein. Das Essen ist fertig!" Annas Mutter blickte aus dem Fenster zum Garten hinunter. Sie schaute den Kindern bei deren Spiel zu. Die pflückten die Blüten der Gräser, sammelten sie in alten Töpfen und Schüsseln, um sie anschließend mit dem Wasser aus der Regentonne zu bedecken. Danach ließen sie den Sud eine Weile stehen, bis das Ganze zu einer köstlichen Grassuppe wurde. Zumindest war es so im Spiel dieser Kinder.

In dem Dorf, von dem ich dir berichte, war das Spielen von großer Bedeutung. Jedem Erwachsenen war bewusst, dass das Kind das Spiel als ständige Quelle der Erfahrung benötigte, um sich weiterentwickeln zu dürfen.

Natürlich wollte niemand der Erwachsenen die Kinder in ihrer Entwicklung behindern. Darum war eine wichtige Regel, dass das Spiel nur zu besonderen Anlässen unterbrochen werden durfte. Das waren die gemeinsamen Mahlzeiten, die Schlafenszeiten, auch Arbeiten, an denen die Kinder beteiligt waren und die zu bestimmten Zeiten verrichtet werden mussten.

Selbstverständlich auch, wenn Gefahr drohte, außerdem bei Krankheit und Übermüdung des Kindes.

Zudem gab es einen Dorfältesten oder eine Dorfälteste. Je nachdem wer gerade dafür geeignet war. In diesem Märchen ist es ein Mann. Meistens war der Dorfälteste jemand, dem die Knochen so weh taten, dass er kaum noch laufen konnte und somit immer in seinem Haus anzutreffen war. Zu ihm durfte jedes Kind und jeder Erwachsene kommen, wenn es Probleme oder Streitigkeiten gab, die man alleine und untereinander nicht lösen konnte. Seine Gegenwart wirkte beruhigend. Er hatte schon viel erfahren und war in der Lage das Wesentliche einer Sache zu erkennen.

An zwei Tagen in der Woche waren alle Alten des Dorfes mit anwesend, um ihn während seines Tuns zu beobachten, und sich auf ihre eventuell zukünftige Rolle des nächsten Dorfältesten vorzubereiten. Meist waren das Freudentage für alle, denn niemand verstand es so feine Kuchen zu backen, wie diese an Erfahrung reichen Menschen. Das taten sie auch an den gemeinsamen Tagen mit großer Freude. Verständlicherweise kamen zu den 'Kuchentagen' besonders viele Menschen, die nach einer Lösung suchten. Meist endeten diese Tage so, dass die Alten von ihren früheren Erlebnissen berichteten. Sie wiederholten sich häufig und viele kannten die Geschichten schon. Trotzdem klangen sie wie ein Lied, dass man immer wieder gerne hörte, oder es manchmal auch einfach an sich vorüberziehen ließ.

Während der Gespräche gab es selbstverständlich auch Regeln. Jeder ließ den anderen ausreden. Wenn einer sprach, hörten die anderen zu.

Es durften keine Worte verwendet werden, die den Zuhörer oder Redner verletzten. Wenn zwei Parteien mal so übereinander verärgert waren, dass die Wut den Verstand einholte, musste Holz gehackt oder ein paar Steine behauen werden. Das durfte man sich aussuchen. Erst wenn sich beide ohne Hass in den Augen anblicken konnten, durften sie wieder miteinander sprechen. Das war gut für die Alten, denn die hatten so genügend Feuerholz für den Winter, und es war gut für die Zornigen. Die hatten ein Ventil für ihre Wut. Erst wenn sie wieder in der Lage waren sich an den Händen zu fassen, um sich ihren Ärger gegenseitig mitzuteilen, durfte ein Gespräch stattfinden. Am Ende gab es die Regel, dass jeder dem anderen wenigstens eine Sache sagen musste, die er gut an ihm fand.

Ich will dir noch etwas verraten. Wer mal so ganz außer sich war und keinen Frieden halten konnte, bei dem noch nicht einmal das Holz hacken oder das Steine behauen half, für den gab es den Denkerturm.

Dieser Turm hatte nur kleine Fenster. Da passten höchstens zwei Katzen hindurch. Und dann war da noch eine schwere Tür mit einem großen Schlüssel. Dort hinein wurde der Streithahn für ein paar Tage eingesperrt. Morgens brachte ihm jemand Frühstück und wünschte ihm einen schönen Tag. Abends kam jemand mit Abendessen vorbei und wünschte ihm eine gute Nacht und Frieden in seinem Herzen. Mittags um 12 Uhr, wenn die Dorfglocken läuteten, trafen sich die Frauen und Kinder und sangen ein Lied auf dem Turmplatz. Abends, nach Feierabend kamen dann ein paar Männer und riefen laut: „Brauchst du noch Holz?"

In der Nacht sah man manchmal eine Katze durch das Fenster schleichen. Da wusste jeder, dass der Zorn nun bald ein Ende haben würde. Sobald der Wüterich rief: „Reich mir deine Hand. Es drängt mich danach mit dir zu reden", wurde von dem, den der Wüterich verängstigt hatte, die Tür aufgesperrt und man ging gemeinsam zu dem Dorfältesten.

Genau so, wie ich es dir soeben erzählt habe, hat es sich dort zugetragen. Vor allen Dingen wussten die Menschen, die in diesem Ort lebten, die Fantasie zu schätzen. Denn aus der Fantasie entsteht die Kunst und aus der Kunst entstehen schöne neue Dinge. So war man auf jeden Künstler stolz, der gerne in dem Dorf wohnen wollte. Weil es in der Sprache dieser Menschen kaum Verletzungen gab, und weil man von der Bedeutung des ausgiebigen Spiels und der Wichtigkeit von Freundschaften wusste - und weil es ein ganzes Dorf voller Menschen gab, die sich in der Verantwortung ihrer Rolle sahen, war sozusagen jeder ein Künstler. Ein Lebenskünstler. Jeder auf seine Art.

Da man den Künstlern nachsagt, sie würden ein wenig spinnen, wurden Spinnstuben für sie eingerichtet. Man wollte sie ja nicht vertreiben. Die Menschen, die gerne Gastgeber waren, schmückten eine Stube, ganz wie es ihnen ihre Fantasie sagte und luden an einem bestimmten Tag in der Woche Menschen ein, die Lust hatten gemeinsam mit ihnen zu spinnen. Da kamen dann die tollsten Sachen heraus. Manchmal entstand ein Theater. Ein anderes Mal traf man sich zum Singen. Es gab auch Geschichtenabende. Einige Menschen philosophierten gerne. Die durften ihre Erkenntnisse in den Spinnstuben preisgeben. Bei anderen entstanden aus der Fantasie die schönsten Handarbeiten.

Ich muss gestehen: In diesem Dorf waren es gerade die Wüteriche, die ihren Skulpturen an solchen Abenden den letzten Schliff verliehen. In den Köpfen einiger Menschen entstanden Bauwerke, die an Schönheit kaum zu überbieten waren. Und weil alle mit so viel Eifer und Freude bei der Sache waren, arbeitete man am Tag, traf sich an den Abenden, um beisammen zu sein und fiel zur Nacht in einen tiefen Schlaf. So hatte alles seine natürliche Ordnung.

Das Essen schmeckte besonders gut. Die Menschen wussten darum, dass Liebe und gute Zutaten dem Körper Kraft für die tägliche Arbeit schenkten. Es wurde nur das verarbeitet, was in der Umgebung wuchs. Gifte kannte man nicht. Denn wer kein Gift in seinem Herzen kennt, der möchte es auch nicht auf seiner Nahrung wissen.

Weißt du, was besonders schön war? Die Kinder konnten ihren Eltern während der Arbeit zuschauen. Die meisten Menschen arbeiteten ja zu Hause oder auf den umliegenden Feldern. Außerdem hatte man durch die guten Kontakte die Möglichkeit, abwechselnd mit zu seinen Freunden zu gehen, wenn die Eltern einmal nicht zuhause waren.

Und es gab ja auch noch die Ältesten des Dorfes. Die waren immer da. Schon alleine ihrer kaputten Knochen wegen. Und die freuten sich, wenn Besuch kam. Da hatten sie jemanden der ihnen zuhörte, und die Kinder durften erfahren, dass es immer Menschen gab, die Zeit für sie hatten. Außerdem erlebten die Kinder so, dass der Mensch bis ins hohe Alter ein bedeutendes Mitglied der Gemeinschaft ist.

Ach, wenn ich dir nur erzählen dürfte, dass das Märchen mit den Worten: „Und sie lebten glücklich, bis an ihrer Tage

Ende", endet. Leider kann ich das nicht. Denn alles kam ganz anders.

Eines Tages hatte Anna eine Idee. „Kommt, lasst uns einen Ausflug machen. Wir packen unsere Rucksäcke und los geht es." So sprach Anna zu ihren Freunden Micha und Kurtchen. Micha war schon sieben Jahre alt, und Kurtchen stand kurz vor seinem sechsten Geburtstag. Anna ging, zusammen mit Micha, in die erste Klasse. Im Frühjahr hatte sie ihren sechsten Geburtstag gefeiert.

Micha hatte wunderschöne blonde Locken und war von gertenschlanker Statur. Kurtchen hingegen hatte noch bis vor Kurzem Läuse. Aus diesem Grund hatte ihm seine Mutter die dunklen Haare, die mit jedem Windhauch sein Gesicht umspielten, einfach abgeschnitten. So entfiel die lästige Nissensuchen und sowohl Kurtchen als auch seine Mutter konnten sich wichtigeren Dingen zuwenden.

Sein eigentlicher Name war Kurt. Aber von den meisten wurde er Kurtchen genannt. Vielleicht lag es an seiner Größe. Er war etwas kleiner und ein bisschen dicker als die Jungs in seinem Alter. Vielleicht machte ihn gerade das so liebenswert. Ich weiß es nicht. Auf jeden Fall gehörte er zu Annas besten Freunden.

Anna war von der Sonne braun gebrannt, und die leichte Sandschicht, die sie außerhalb der Wintermonate umgab, ließ sie noch dunkler erscheinen. Ihre Haare waren zu zwei Zöpfen geflochten. Meist trug sie die karierten Flanellhemden ihres großen Bruders und eine Jeans dazu. Nicht, dass Annas Eltern so arm waren, dass sie nur die abgetragenen Kleider anziehen durfte. Nein, Anna liebte es, diese bequemen Hemden zu tragen.

Außerdem fühlte sie sich unglaublich stark darin und um einiges größer, als es der Realität entsprach.

„Anna, denkst du nicht wir sollten zuerst unseren Eltern Bescheid sagen?", fragte Kurtchen vorsichtig. Micha hingegen klopfte Kurtchen auf die Schulter und erwiderte: „Was meinst du? Wie alt sollen wir noch werden, bevor wir uns alleine auf den Weg machen können?" Kurtchen schnaufte einmal durch und sagte schließlich: „Gut, packen wir unsere Sachen." Anna rief erleichtert: „Treffen wir uns beim nächsten Hahnenschrei auf der Pferdekoppel!" Anschließend trennten sich die Wege der drei Kinder.

Jeder packte, zuhause angekommen, ein, was er glaubte für ein Abenteuer zu gebrauchen. Die Eltern wunderten sich nicht weiter, denn sie konnten sich auf ihre Kinder verlassen. Außerdem gab es in dem Dorf zwar hin und wieder einen Wüterich, aber keine Bösewichte.

Doch leider kam jedes der drei Kinder zu einem anderen Zeitpunkt an, denn es gab viele Hähne in dem Dorf, die natürlich zu den verschiedensten Zeiten krähten. Das hatten die Kinder nicht bedacht. Trotzdem war es gut gegangen. Anna, Kurtchen und Micha hatten sich nach einer Zeit des Wartens und Suchens gefunden. Auf der höchsten Stelle der Pferdekoppel nahmen sie sich an den Händen und schworen immer füreinander da zu sein. Dabei schlossen sie ihre Augen und atmeten sieben Mal tief durch.

Anna, Kurtchen und Micha hatten schon viele Abenteuer gemeinsam erlebt. Diesmal ahnten sie jedoch, dass etwas Außergewöhnliches geschehen würde. Also beschlossen sie vor jeder Wegkreuzung drei Mal in die Hände zu spucken, um sich danach tief in die Augen zu schauen. „Für immer Freunde", hieß das sich anschließende Zauberwort.

So begaben sie sich auf den Weg in Richtung Wald. Sie waren auf alles vorbereitet.

Du weißt, die Ältesten des Dorfes nahmen eine wichtige Rolle ein. Unter anderem auch die des Märchenerzählens. Es ist so wichtig, dass es Menschen gibt, die gerne Geschichten erzählen. Was wäre das Leben ohne Geschichten? Was wäre eine Kindheit ohne Märchen?

Micha, Anna und Kurtchen kannten jede Menge solcher Geschichten. Wahrscheinlich könnten sie dir auch jedes Märchen erzählen, wenn sie nicht viel lieber zuhören würden.

Überall knisterte und knirschte es. Die Sonne schien durch die Äste der Laubbäume, als wären diese mit Edelsteinen behangen. Jedes Rascheln der kleinsten Maus erschien den Kindern so, als würde ein Dinosaurier den Wald durchstreifen. Langsam wurde es den Dreien mulmig. Bei Micha fingen in diesem Augenblick sogar die Hosenbeine an zu schlackern. Da es Anna war, die ihre Freunde zu diesem Ausflug überredet hatte, war sie es auch, die nun ihr Butterbrot zerkrümelte und es auf dem Weg ausstreute.

Erinnerst du dich auch gerade daran, in welchem Märchen du diese Worte schon einmal gehört hast?

In besagtem Dorf lernten die Kinder von Beginn an, die Verantwortung für ihr Tun zu übernehmen. Trotzdem waren es Kinder. Das Zerstreuen des Brotes machte es ihnen nicht unbedingt leichter Mut zu fassen. Kurtchen überkam in diesem Moment die Erinnerung an Hänsel und Gretel.

Micha dachte an letztes Jahr. Die Kühe seines Vaters waren von der Weide geflohen. Diese Tatsache hatte seinen Vater so zornig werden lassen, dass kein ruhiges Wort mehr aus seinem Mund möglich war. Drei Tage musste er im Denkerturm verbringen. Jede Katze machte während dieser Zeit einen großen Bogen um denselben. Was würde mit seinem Vater geschehen, wenn der Zorn über Michas Abwesenheit so groß würde, dass er nie wieder in der Lage sein würde, ohne den Gedanken der Wut und Enttäuschung zu seinem Sohn zu sprechen?

Micha und Kurtchen fingen an zu weinen. Jetzt gab es auch für Anna kein Zurückhalten mehr. Sie schluchzte so laut, dass sich auf einmal alle Krähen von den Bäumen erhoben und lautstark krakeelten. Die Kinder rannten vor Schreck um ihr Leben. Immer schneller, immer weiter, bis sie erschöpft zu Boden fielen. Gott sei Dank hatte Kurtchen eine Trinkflasche dabei und sie mussten wenigstens nicht verdursten. Weinend nahmen sie sich in den Arm, schauten sich gegenseitig in die Augen und sagten vielleicht zum letzten Mal: „Für immer Freunde."

Es war Anna, die als Erste das kleine Licht und die Rauchschwaden bemerkte, die vom Ende des Waldes zu kommen schienen. „Lasst uns zu der Hütte gehen. Was kann uns dort Schlimmeres passieren, als hier in der Dunkelheit zu sterben?" Kurtchen weinte und sprach: „Dich wird sie zuerst fett füttern, Micha. Und Anna wird ihre Hütte sauber halten müssen. Was aber geschieht mit mir? Sie wird mich sofort in den Ofen stoßen. Für einen Dritten war doch nie ein Platz vorgesehen."

Anna und Micha nahmen Kurtchen in den Arm und trösteten ihn. Schließlich setzten die Kinder mutig, Schritt für Schritt, ihren

Weg fort, in der Hoffnung sich wenigstens noch einmal satt essen zu dürfen, sobald sie an das Haus der Hexe kommen würden.

Und wirklich. Dort angekommen stiegen ihnen die feinsten Düfte in ihre Nasen. Es roch nach Bratapfel und Zimtreis. Doch die Tarnung des Häuschens war diesmal eine bessere, als sie es aus ihrem Märchenbuch kannten. Es war kein einziger Lebkuchen zu sehen. Als Micha mutig durch das Fenster schaute, sah er eine Pfanne mit duftenden Bratwürstchen auf dem Ofen stehen. Die Hexe saß, mit dem Rücken zu ihm, auf einem alten Holzstuhl. Zu ihren Füßen lag eine schwarze Katze. Im Kamin brannte ein großes Feuer. Nachdem Micha das, was er gesehen hatte, den beiden erzählt hatte, fing Kurtchen wieder an zu weinen. Anna wünschte sich zu ihren Eltern zurück und sprach ein Gebet.

Auf einmal ging die Tür auf und die Alte kam heraus. „Kommt herein in die warme Stube, Kinder. Was macht ihr so spät im Wald? Habt ihr euch etwa verlaufen? Setzt euch zuerst mal hin. Ihr habt sicher Hunger und Durst." Sie holte die Pfanne mit den Würstchen vom Herd und schenkte jedem der Drei eine Tasse des herrlich duftenden Tees ein. „Wer möchte, kann sich den Tee gerne noch mit Waldhonig süßen", sagte sie anschließend und setzte sich auf die Ofenbank. „Lasst es euch schmecken. Zum Nachtisch gibt es Bratapfel mit Zimtreis. Danach müssen wir uns aber auf den Weg machen. Es wird bald dunkel." Sie streichelte dem Kater über den Kopf und sagte: „Komm, Morle. Wir essen später. Mit meinem noch einzigen Eckzahn möchte ich euch nicht das Essen verderben." Sie hatte recht. Es sah schrecklich aus. Anna, Micha und Kurtchen ließen sich das nicht zwei Mal sagen.

Sie hatten Bärenhunger und das Essen schmeckte herrlich. Nachdem sich die Kinder satt gegessen hatten, fragte Anna zögerlich, und als hätte sie sich die Antwort schon im Voraus gegeben: „Du meinst wir sollen nicht hier schlafen?" Daraufhin antwortete ihr die Alte: „Was würden wohl eure Eltern sagen, wenn ihr über Nacht nicht heimkommen würdet? Außerdem gibt es in dieser Hütte keine Betten. Das Feuerholz geht auch zur Neige. Und meine Knochen. Die schaffen das alles nicht mehr. Gleich kommt der Pferdewagen mit meinen Söhnen. Es sind Holzfäller. Wisst ihr, in der Stadt gibt es viele alte Menschen, die niemanden mehr haben, der ihnen das Holz bringt und klein macht. Darum haben meine Söhne ihren alten Beruf aufgegeben und gehen nun in die umliegenden Wälder, um dort Holz zu fällen und zu schneiden. So haben sie eine Aufgabe gefunden, die Sinn macht. Sie verdienen nicht allzu viel damit, aber sie sind zufrieden. Die Alten danken es ihnen auf ihre Art. Sie machen meine Söhne zu bedeutungsvollen, wichtigen Menschen. Solange ich noch kann, fahre ich immer auf dem Pferdewagen mit. Meine Söhne haben diese kleine Hütte als Unterschlupf gebaut. Zu den Mahlzeiten kommen sie zu mir, essen sich satt und wärmen sich am Feuer auf. So habe auch ich eine Aufgabe."

„Und wir", fing Kurtchen vor Erleichterung an zu weinen, „haben geglaubt du seist eine Hexe." Die Alte lächelte und sagte: „Na, es ist doch besser ihr habt geglaubt, dass ich eine Hexe bin, als dass ich eine Hexe wäre und ihr hättet mich nicht erkannt."

In diesem Augenblick hörte man einen Pferdewagen vor der Tür halten. Es waren aber nicht die Söhne der Alten, sondern die Eltern von Anna, Micha und Kurtchen. Sie nahmen ihre Kinder in die Arme und waren glücklich, dass sie sie gefunden hatten.

Soll ich dir etwas verraten? Die Drei waren froh, dass das Abenteuer zu Ende war. Und hast du nicht gesehen, kamen auch die Söhne der Alten und wunderten sich über diese große Versammlung. Nachdem sich alle alles erzählt hatten, luden sie sich gegenseitig ein sich zu besuchen, denn jeder war neugierig auf das Leben der anderen geworden.

Bei der Alten sah man ein Strahlen in den Augen. Es fühlte sich gut an, was ihr die Eltern der Kinder über das Leben der alten Menschen in ihrem Dorf erzählt hatten. Das hatten wohl auch die Eltern von Micha, Kurtchen und Anna gespürt. Darum luden sie die Alte ein, in ihrem Dorf zu wohnen. Inmitten der großen Dorfgemeinschaft.

Und aufgrund ihrer vielen Erfahrungen hatte sie sogar eine große Chance zur Dorfältesten gewählt zu werden. Sie sah ihre Söhne an und die stimmten dem Vorschlag zu. Wohnen durfte sie im Haus von Annas Eltern.

Mit ihren vielen Falten und dem krummen Rücken, den sie von der schweren Arbeit bekommen hatte, stand sie nun da und hatte Freudentränen in den Augen. Dann lachte sie plötzlich ganz laut. Und auf einmal sah sie wunderschön aus, als sich ihr Mund öffnete und ihr einziger Eckzahn die Unterlippe berührte. Morle durfte natürlich mitkommen.

Die Söhne der Alten begegneten wenig später drei jungen Frauen in dem Dorf und verliebten sich in sie. Weil sich die jungen Frauen auch in die jungen Männer verliebten, heirateten sie und feierten eine große Dorfhochzeit.

Jedes Paar baute sich ein schönes Häuschen.

Ach ja. Nachdem Anna, Micha und Kurtchen von ihren Eltern nach Hause gebracht wurden, redeten alle noch miteinander. Die Eltern hatten sich große Sorgen gemacht, nachdem die Drei einfach so das Haus verlassen hatten, ohne Bescheid zu geben. Obwohl alle glücklich waren, und alles, Gott sei Dank, ein gutes Ende genommen hatte, mussten die Kinder für sieben Stunden in den Denkerturm. Genauso lange, wie die Eltern nach ihnen gesucht hatten. Sie sollten darüber nachdenken, wie sie es zukünftig machen wollten.

Da Anna, Micha und Kurtchen noch ein Bratwürstchen in ihren Taschen hatten und sie von Morle begleitet wurden, war das alles auch gar nicht so schlimm. Und nachdem die sieben Stunden vorbei waren, hatte sich das ganze Dorf versammelt, um das Ergebnis der Kinder zu hören. Micha und Kurtchen hatten Anna als Sprecherin ausgewählt. Diese verkündete den Beschluss mit folgenden Worten: „Wir möchten uns bei unseren Eltern bedanken, dass sie sich um uns Sorgen gemacht und nach uns gesucht haben. Wir haben eingesehen, dass wir sehr wagemutig waren. Außerdem verstehen wir nicht, dass es Menschen gibt, die die Alten alleine in ihren Wohnungen lassen und sich nicht weiter um sie kümmern. Darum fragen wir euch jetzt, wer bereit ist, einen alten Menschen aus dieser gemeinen Stadt bei sich aufzunehmen?" Alle schauten sich an und schließlich hoben sie nacheinander ihre Arme. Das ganze Dorf war stolz auf die Kinder. Und die Kinder waren stolz auf ihre Eltern. Seitdem lebt in jedem Haus dieses Dorfes ein alter Mensch aus jener Stadt.

Anna, Micha und Kurtchen sind inzwischen groß geworden.

Micha liebt Anna und Kurtchen liebt Anna.

Anna will sich nicht entscheiden. Heute geht sie zu der Dorfältesten, um sie um Rat zu fragen.

Inzwischen ist die Dorfälteste eine Frau. Ihr Vorgänger ist gestorben. Du weißt, irgendwann ist alles einmal vorbei. Wie dieses Märchen.

Und wenn sie nicht gestorben sind, dann leben Anna, Micha und Kurtchen noch heute. Ich bin mir sogar ziemlich sicher, dass das so ist.

Vom Sternchen

Es war einmal ein kleines Mädchen. Das fühlte sich, obwohl es Eltern hatte, die gut zu ihm waren, nirgendwo richtig zu Hause. Einen Platz jedoch hatte es, an den es immer ging, wenn es sich einsam und unverstanden fühlte. Es war die alte Buche am Waldrand.

Am liebsten spielte das Mädchen in der freien Natur. Obgleich sie gute Freunde hatte, war sie am glücklichsten, wenn sie mit den Tieren zusammen sein konnte.

Es kam fast nie ein böses Wort über ihre Lippen und sie hatte für jeden ein Lächeln übrig. Während sie das tat, leuchteten ihre Augen. Und weil das Leuchten an einen Stern in der Nacht erinnerte, wurde sie von allen Sternchen genannt.

Wenn im Herbst die Sonne schien, war es besonders schön an der alten Buche. Dann kamen Rehe und Wildschweine vorbei, um sich an deren köstlichen Früchten zu laben. Auf fast jedem Ast ließ sich eine Krähe nieder. Eichhörnchen kletterten am dicken Stamm der Buche hinauf und hinunter, und sogar der Fuchs kam aus seinem Bau. Die Bienen führten einen Herbsttanz auf. Nur die Mäuse blieben in ihren Löchern, weil Sternchen immer, wenn sie in den Wald ging, von ein paar Dorfkatzen begleitet wurde.

Oft saß Sternchen auf einen Ast der Buche und erzählte Geschichten. Alles entstand natürlich in der Fantasie dieses Kindes. So denke ich jedenfalls, denn wie kann es das, von dem ich dir gleich berichten werde, wirklich geben? Ich muss mich da auf die Vögel des Himmels verlassen, die mir, immer wenn sie mich in meinem Garten besuchen, von Sternchen erzählen.

Darum kann ich dir nun wirklich nicht sagen, was ehrlich wahr oder erfunden ist. Deswegen schreibe ich vorsichtshalber mal alles in dieses Märchenbuch.

Heute saß Sternchen wieder auf einem Ast der alten Buche. Es hatten sich schon viele Zuhörer versammelt, als sie, mit ihren Beinen baumelnd, anfing zu berichten. Dabei leuchteten ihre Augen wirklich wie die hellste Glühbirne in meinem Haus. Hin und wieder stand sogar Sternchen selbst der Mund vor Erstaunen des Erzählten offen, und sie presste in diesen Augenblicken beide Hände vor denselben, vor lauter Ehrfurcht über ihre eigene Erzählung.

Ihre Geschichte begann mit folgenden Worten: „Ihr müsst mir heute besonders gut zuhören, denn es ist unglaublich wichtig, was ich euch zu berichten habe. Gestern Abend lag ich in meinem Bett und habe an euch, meine lieben Freunde, gedacht. Am liebsten hätte ich euch alle an meiner Seite gehabt, denn die Gedanken an euch haben mir das Einschlafen fast unmöglich gemacht." Sternchen schaute jedem ihrer Freunde einmal tief in die Augen, bevor sie weiter berichtete. „Und irgendwann muss es dann wohl geschehen sein. Auf der Kante meines Bettes hat sich ein Mondkind niedergelassen und mich angelächelt. Es war ganz in Gold gekleidet und hatte ein Abendglöckchen in seinen Händen. Seine Nase war mit feinstem Goldstaub bedeckt und sein kleiner Mund leuchtete wie die Nachtlampe hinter meinem Bett."

Alle schauten Sternchen während des Erzählens mit großen Augen an und waren neugierig, wie die Geschichte weiter gehen würde. Sternchen fuhr fort zu erzählen: „Ihr denkt jetzt sicher, das Mondkind hätte sich verlaufen und wäre zufällig in meinem Zimmer gelandet. Da täuscht ihr euch! Es hatte sich geweigert zu leuchten. Hatte keine Lust gehabt den ganzen Abend den Mund zu spitzen und die Nasenspitze in Richtung Erde zu halten, damit die Menschen eventuell das Leuchten des Mondes bemerken würden. Die meisten lagen doch in ihren Betten. Sie schliefen und schenkten der Anstrengung des Leuchtens keinerlei Aufmerksamkeit. Da hat es einfach sein Glöckchen genommen, damit wie wild geläutet, damit man ihm endlich zuhören würde und laut geschrien: „Ich will nicht mehr leuchten!!!"

Während sie erzählte, saß Sternchen, mit Tränen in den Augen, auf dem Ast, den Kopf nach unten gebeugt. Die Tiere hielten vor Schreck den Atem an.

„Was geschah dann?", flüsterte das Wildschwein. Sternchen sah dem Wildschwein tief in die Augen und antwortete: „Vater Mond und Mutter Mond sahen ihr Kind böse an, zeigten auf die Erde, verwiesen es des Mondes und sprachen zu ihm: „Sieh dir an, was du auf der Erde veranstaltet hast. Unser Leuchten ist nun nicht mehr vollkommen. Was, denkst du, macht die Nacht aus, wenn es uns nicht mehr in der Ganzheit gibt? Darum wirst du nun für ein paar Tage die Erde besuchen, um zu sehen, was du angerichtet hast." Sie setzen das Kind auf eine kleine Wolke und überließen es sich selbst.

„Wie gemein!", sprach die Rehkuh. „So etwas tut man nicht mit seinem Kind!" Sie stupste dabei zärtlich ihr Kitz mit der Nasenspitze an dessen Wange. „Wie ging es weiter?", räusperte sich der Igel.

„Ach!", seufzte Sternchen. „Dem Mondkind war vor lauter Traurigkeit fast das Licht ausgegangen. Doch Gott sei Dank waren in meiner Taschenlampe noch Batterien. So hat das

Mondkind den Mund weit aufgesperrt und ich habe das Licht der Taschenlampe in es hineinleuchten lassen, so dass der Mund und das Näschen fast verglüht wären."

„Und dann?", fragte der Fuchs. „Na, dann haben wir uns den Mond angeschaut", antwortete Sternchen. „Es hat natürlich ein Stückchen gefehlt. Als hätte die Maus ein Loch hineingefressen."

„So etwas würde ich nie tun!", rief die Maus empört und schaute dabei vorsichtig mit der Nasenspitze aus ihrem Loch.

„Ich weiß, dass du es nicht warst. Bleib ganz ruhig."

Sternchen schaute nun gedankenverloren in den Himmel. „Seht mal nach oben. Der Mond ist nur noch als Schaukel zu sehen. Es ist fast nichts mehr von ihm übrig. Wisst ihr, warum das so ist?" Sternchen schaute in die Runde. Niemand wusste eine Antwort auf ihre Frage. Alle schüttelten erschrocken den Kopf. „Weißt du die Antwort, Sternchen?", schrien die Krähen voller Aufregung.

Sternchen nickte. Sie antwortete ruhig und bedächtig: „Habt Geduld. Wer die Antwort hören will, muss zuerst die Stille vernehmen." So setzte für ein paar Minuten ein großes Schweigen ein.

Nach einer Zeit des Schweigens glühten Sternchens Wangen, während sie fortfuhr zu erzählen.

Es schien so, als würde sie in diesem Moment alles noch einmal erleben. Und irgendwann erhob sie sich vorsichtig, hielt sich mit den Händen an einem Ast, der über ihr wuchs, fest, und erzählte die Geschichte im Stehen weiter.

Ihr Blick wurde immer ernster. Ihre Stirn zeigte Zornesfalten und aus ihren Augen schossen wahrhaft Blitze.

„Ihr wollt es wirklich wissen? Gut, dann will ich euch erzählen, was in jener Nacht passiert war. Nachdem ich das Mondkind mit meiner Taschenlampe aufgeladen hatte, habe ich zu ihm gesagt: "Fürchte dich nicht. Ich bringe dich zu deinen Eltern zurück. Du musst mir nur den Weg zeigen." Da hat mich das Mondkind erleichtert angeschaut. Hat drei Mal mit dem Glöckchen geläutet, etwas Sternenstaub von seiner Nase genommen, diesen in Richtung Himmel geworfen, und ob du es jetzt glauben willst oder nicht – im selben Augenblick entstand eine goldene Schnur, die bis zum Mond gereicht hat."

„OOOOOOOOHHHHHHHHHHHH", hörte man auf einmal jeden Zuhörer unter der alten Buche rufen.

In diesem Augenblick war wieder das Strahlen in Sternchens Augen zu sehen. „Ich bin natürlich als Erste an dem Seil hinaufgeklettert. Das Mondkind ist mir gefolgt. Nach gut acht Stunden, fast solange wie die Ewigkeit dauert, habe ich die Mondeltern mit ihren Kindern gesehen. Niemand hat sich vom Fleck gerührt, damit der Mond seine Form behält. Und dann habe ich die Lücke entdeckt, die natürlich jedes gefallene Mondkind hinterlässt. Kein Licht. Nichts. Nur ein dunkler Fleck. Eine große Wut ist in diesem Augenblick in mich gefahren.

Das Mondkind hat sich vor Schreck an meine Knie geklammert und schließlich habe ich angefangen laut zu brüllen."

„DUUUUUUUUUUUUUUUUUUUUUUUUUUUUUUUU-UUUU?", ertönte es ganz erstaunt von unten.

Sternchen fuhr fort zu berichten. Sie zitterte jetzt am ganzen Körper. „Ich schrie: Wie könnt ihr es wagen, euer Kind zu verjagen! Schämt ihr euch nicht? Wisst ihr nicht, dass Kinder nicht die ganze Zeit auf einer Stelle stehen können. Sie wollen auch spielen und sich bewegen. Nicht immer nur leuchten!!! VERSTEHT IHR DAS? Oder kommt ihr etwa vom Mond?" In diesem Augenblick sahen sich die Mondkinder an, fassten sich an ihre Nasenspitzen und streuten den Goldstaub aus, so dass sich in Windeseile überall goldene Fäden in Richtung Erde zeigten. Vergnügt ließ sich ein Mondkind nach dem anderen an dem Seil hinunter gleiten. Einige spielten mit den kleinen Sternen, wie es hier bei uns die Kinder mit ihren Bällen tun. Manchmal fällt dabei so ein Sternchen auf die Erde. Die Menschen nennen das Sternschnuppe. Ihr wisst nun - wenn es Sterne regnet, spielen die Mondkinder im Universum. Hin und wieder erkennt man sogar solch ein goldenes Band.

„Nun ja. Die Mondeltern haben sich angeschaut. Es machte den Eindruck, als hätten sie ein ganz schön blödes Gefühl. Sie hatten wohl vor lauter Leuchten vergessen, wie es ist ein Kind zu sein. Ich habe ihnen dann alles genau erklärt. Und sie haben es sogar verstanden. Gemeinsam haben wir daraufhin einen Plan erstellt, im Vier-Wochen-Rhythmus. Damit alle Mondkinder Zeit zum Spielen haben und die Mondeltern auch mal Zeit für sich, um sich gegenseitig wieder aufzuladen, haben wir Folgendes beschlossen:"

Jetzt machte Sternchen ein sehr nachdenkliches Gesicht. Schließlich meinte sie: „Doch vorher will ich euch noch sagen, dass es natürlich eine Ehre ist, für das Leuchten des Mondes verantwortlich zu sein. Jedoch nicht immer und zu jeder Zeit." Wieder machte sie eine kurze Pause.

„Der Plan sieht seitdem wie folgt aus: An einem Tag im Monat soll die ganze Familie vollständig leuchten. Diesen Tag werden wir Vollmond nennen. An jedem weiteren Tag wird immer ein Mondkind mehr ins Universum zum Spielen gehen dürfen, bis nur noch die Eltern übrig bleiben und sich schließlich auch für eine kurze Weile ins Dunkel des Weltalls zurückziehen können. So darf sich alles neu ordnen. Das wird die Zeit des abnehmenden Mondes sein. Den Tag des elterlichen Rückzugs haben wir Neumond genannt.

Doch was wäre das zu Bett gehen ohne den Mond, der aufgegangen ist? Also haben wir uns auf eine Zeit des zunehmenden Mondes geeinigt. Nach und nach müssen so alle Kinder wieder ihren Platz einnehmen. Der Verantwortung wegen."

„Waren alle damit einverstanden?", schnurrten die Dorfkatzen. „Ich denke schon", meinte Sternchen. „Immer, wenn ich nicht schlafen kann, besucht mich ein Mondkind und nimmt mich mit ins Universum. Sie machen nun alle einen recht zufriedenen Eindruck. Das kann man auch an den vielen Mondkratern erkennen. Es gefällt mir gut dort oben."

„Was machst du bei Vollmond, Sternchen? Da können doch so viele Menschen nicht schlafen. Und wie du uns erzählt hast, sind ja dann alle Mondkinder auf dem Mond", fragte der Fuchs das Sternchen. Da schaute Sternchen in den Himmel und zwinkerte dem Mond zu. So, als gäbe es zwischen ihm und Sternchen ein Geheimnis. „Wer weiß", gab sie geheimnisvoll zur Antwort. „Beobachtet doch in solch einer Vollmondnacht mal den Mond ganz genau.

Vielleicht erkennt ihr hin und wieder ein goldenes Seil, das zur Erde reicht."

„AHHHHHHHHHHHHHHHHHHHHHHHHHHHHHHHHHH HHHHH“, war da ein erstauntes Flüstern zu vernehmen.

Sternchen setzte sich wieder auf den Ast. Sie hielt gähnend die Hände vor den Mund. Das linke Auge war schon fast geschlossen, als Sternchens Vater zu der Buche kam, um sie nach Hause zu tragen. Die Mutter wartete schon mit dem Abendessen.

Darum ist dieses Märchen nun zu Ende. Schlaf gut.

Vom Denkerchen

Es gab einmal eine Zeit, da kannten die Menschen jedes Tier und jede Pflanze. Sogar die Mücken und Käfer wussten sie beim Namen zu nennen. Selbst den Himmel über sich konnten sie beschreiben, mit all seinen Monden und Sternen.

In dieser Zeit lebte ein kleines Erdenkind, das von allen das Denkerchen genannt wurde. Es dachte den ganzen Tag vor sich hin. Sogar in der Nacht konnte man an den Bewegungen der Augen erkennen, dass der Kopf des Denkerchens voller Gedanken war.

Weißt du, so wie es Tiere und Pflanzen aller Arten gab, so gab es zu jener Zeit auch Menschen, die sich voneinander unterschieden. Jeder hatte eine Aufgabe, weil das Wissen vorhanden war, dass jeder Einzelne etwas ganz besonders gut konnte. Und weil das Denkerchen so gut denken konnte, wurde es von den anderen mitversorgt. So hatte es genügend Zeit vor sich hinzudenken. Wie sollte es auch angehen, dass man gleichzeitig denken und kochen, jagen und werken, bauen und säen, ernten und heilen, Wasser holen, singen und tanzen konnte?

Nein, das war selbst in der Zeit, als die Menschen noch so viel wussten, nicht möglich. Deswegen gab es auch Jäger und Sammler, Bauern, Werkzeugmacher, Köche, Obstpflücker, Sterngucker, Heiler, Wasserträger, Denker, Sänger und Tänzer, Spaßmacher, Beobachter. Auch Zauberer und Geschichtenerzähler, Abenteurer, Traumdeuter und Seher.

Und Kinder gab es. Jede Menge sogar.

Sie wurden von den Erwachsenen beobachtet, damit die von deren Interessen erfahren durften.

Die Kinder durften ganz oft bei den Erwachsenen sein, damit sie die Möglichkeit hatten, ihnen bei der Arbeit zuzuschauen und deren Tagesablauf zu beobachten. Wenn es Kinder gab, die immer schnell rennen wollten und Fangen spielten, wurden sie von den Jägern oft mit zur Jagd genommen, damit sie von ihnen das Jagen lernen konnten. Dann gab es Kinder, die gerne schnitzten und schöne Dinge gestalteten, zum Beispiel, Äste schälen oder Flöten bauen. Die durften öfter beim Haus- und Werkzeugbau helfen. Und wer immer seine Hosentaschen mit allerlei Zeugs voll hatte, der wurde mit in die Wälder genommen, um die Pflanzen kennenzulernen, damit dieser Mensch später auch ein guter und zuverlässiger Sammler wurde. Manchen Kindern machte es besonders viel Freude, wenn sie kranken Tieren helfen konnten. Diese Kinder durften dann bei den Heilungen der Medizinmenschen dabei sein.

So war es mit allen Dingen.

Die Beobachter fanden heraus, was den Kindern gerade Freude machte und sagten dann den Großen Bescheid. Die Großen boten den Kindern daraufhin an, dass sie während deren Arbeit dabei sein durften, um ihnen zuzusehen oder ihnen helfen zu können. So durften sich die Kinder immer wieder ausprobieren, bis sie genau wussten, was sie wollten und gut konnten. Darum gab es auch in dieser Zeit nur Menschen, die das, was sie taten, gerne machten. Das kannst du jetzt sicher gut verstehen.

So kam das Denkerchen also zu seinem Namen. Die Beobachter hatten schnell erkannt, dass das Kind überall, wo es war, die Menschen und Tiere und Pflanzen und den Himmel beobachtete, und schließlich eine lange Zeit damit verbrachte darüber nachzudenken, was es gesehen hatte. Da es während dieser Zeit auch ein paar Weise gab, lernte das Denkerchen schon früh, nicht allzu voreilig mit dem Sprechen zu beginnen.

Um das verstehen zu können, sollst du wissen, dass Weise Menschen sind, die besonders lange nachdenken, bevor sie den Mund aufmachen, damit sie auch die jeweils richtigen Worte finden. Und Gott sei Dank hatten die Beobachter auch wahrgenommen, dass das Denkerchen gerne den Geschichten der Alten zuhörte, wenn Alte und Junge abends gemeinsam am Feuer saßen. Am nächsten Tag hörte man es dann oft mit den Hunden, Katzen und Ziegen sprechen. Es erzählte ihnen die Geschichte meist noch einmal, natürlich in seiner eigenen, etwas abgewandelten Form. Wie es halt so kleine Denkerchen tun.

Eines Tages allerdings geschah etwas Furchtbares. Das Volk saß gerade gemütlich beisammen, um den Feierabend zu begrüßen, da ...

Bevor ich weiter berichte, möchte ich dir sagen, dass das Wort Feierabend aus dieser Zeit stammt. Denn wenn die Arbeit getan war, traf man sich abends immer zum Feiern. Außerdem habe ich noch vergessen zu erwähnen, dass es auch Worterfinder gab. Ich will dir von ihnen erzählen, bevor ich zu dem furchtbaren Geschehen komme. Worterfinder waren meist Menschen, die besonders gut zuhören und gleichzeitig beobachten konnten. Und es waren viele Buchstaben in ihnen. Die fanden dann für alles einen Namen. Wie zum Beispiel Tausendgüldenkraut oder Goldrute. Auch Schatzkarte und Besserwisser oder dreimal gehörnter Zauberlehrling oder regenbogenfarbenes, goldgelocktes, rotlippiges Traummädchen, aber auch Wörter wie ochsenfroschäugiges, hornhäutiges, vierohriges Wutgestell.

Doch zurück zum furchtbaren Ereignis. Während dieser Zeit existierte der letzte noch lebende Drache. Manchmal siehst du doch so einen Berg am anderen angereiht. In Wirklichkeit sind das überhaupt keine Berge. Es sind versteinerte Drachen.

Erzähle es aber niemandem, außer deinen Eltern und deinen besten Freunden. Vor allen Dingen, erzähle es nicht deinen Lehrern. Ich will dir auch sagen warum. Es gab viele Berufe in dieser Zeit. Nur nicht den Beruf des Lehrers. Das wäre doch überhaupt nicht gegangen, weil ja einer alleine nicht alles wissen kann. Hätten alle dem Lehrer nachlaufen sollen? Dann hätte ja niemand mehr überleben können. Lehrer wissen meist alles aus Büchern, und jetzt hoffe ich, dass sie mein Märchenbuch gelesen haben, ansonsten werden sie dir nämlich etwas ganz anderes über Berge erzählen. Denke gut darüber nach und entscheide selbst, wem du Glauben schenken möchtest.

Merkst du, dass ich es immer wieder hinauszögern will, dir von dem schrecklichen Ereignis zu berichten? Was sein muss, muss sein. Besagter, letzter auf der Erde lebender Drache hatte Langeweile. Vorher hatte er die ganze Zeit geschlafen, und jetzt war er so munter, dass er nichts mit seiner Zeit anzufangen wusste. Daher machte er sich ein paar Gedanken. Es kam, wie es kommen musste. Ihm wurde bewusst, dass er der einzige seiner Art war und niemanden zum Spielen hatte. Da wurde er mit einem Mal unglaublich wütend und begann wie ein drei Mal gepiesackter, wild gewordener, fünf Mal gejagter Stier zu schnauben. Dieses wutentbrannte Schnauben verursachte auf dem gesamten Erdball einen unglaublichen Wirbelsturm, so dass alles, was lebte, wie Düsenjäger durch die Luft sauste. Es war schrecklich. Alle verloren sich. Sie waren zerstreut in alle Herren Länder.

Niemand wusste mehr, wo der andere war, und auf der Erde begann ein schreckliches Weinen. Selbst dem Drachen flossen wassereimergroße Tränen von den Wangen, als er sah, welches Elend er verursacht hatte. Das hatte er doch nicht gewollt!

Und weil niemand mehr aufhören konnte zu weinen, entstanden die Meere.

Sieh mal in einen Atlas. Da gibt es das Tote Meer. Das hat einen so hohen Salzgehalt, dass du sogar darauf übernachten kannst, ohne unterzugehen. Das ist aus den Tränen dieses Drachen entstanden. Er hatte sich fast zu Tode geweint, aber nur fast. Das Märchen ist ja noch nicht zu Ende. Denn weißt du, wer bei dem großen Sturm direkt auf der Nase des Drachen gelandet war?

Na, hast du das Rätsel gelöst? Das Denkerchen natürlich!

„Wer bist du denn?", fragte es erstaunt und auch ein wenig ehrfürchtig. „Ich heiße Oskar. Oskar Spitzohr", sagte der grünberückte Drache. „Letzter meiner Art." Dabei floss ihm eine Träne aus seinem linken Auge, so dass es das Denkerchen fast hinfortgeschwemmt hätte. „Und wer bist du, mauskleines Stupsnäschen"? „Ich bin das Denkerchen. Mein Volk ist durch dein wütendes Schnauben in alle Richtungen zerstreut worden und du liegst hier und tust dir leid. Da könnte ich doch den Vollmond vom Himmel holen, damit er dir dein verschlafenes Gehirn ein wenig beleuchtet!", antwortete es. Das war zu viel für Oskar. Er stand auf, so dass die Erde anfing zu beben und sprach: „Was bildest du dir ein? Denkst du für mich ist es ein Vergnügen immer aufpassen zu müssen, niemanden zu verletzen? Ich habe nicht umsonst so lange geschlafen. Wenn ich mich nicht bewege, mache ich wenigstens kein Durcheinander auf der Erde. Irgendwann hatte ich das ruhig halten aber satt. Was hätte ich denn machen sollen? Warten, bis ich auch versteinert bin?"

Jetzt hatte das Denkerchen Mitgefühl mit Oskar. Es kraulte ihn an seinen spitzen Ohren und flüsterte ihm zu: „Lass mich nachdenken, Oskar."

Solange das Denkerchen nachdenkt, will ich dir noch erzählen, was in der Zwischenzeit auf der Erde passiert war. Du erinnerst dich sicher noch daran, dass durch das Schnauben von Oskar alle Menschen woanders gelandet waren. So war jeder alleine und durfte nichts mehr vom anderen lernen. Es gab auch keine Beobachter mehr, die die Kinder auf ihrem Weg bestärkten. So entstanden Monokultur und Monotonie.

Monokultur bedeutet, dass entweder das Gleiche angebaut wird, oder nur eine Sorte Tiere gehalten wird usw. - Langeweile, alle tun immer nur das Gleiche: Monotonie.

In meinem Märchen nahm das Ganze sogar solche Ausmaße an, dass in einem Land nur gekocht wurde, es aber niemanden gab, der das Essen auch aß. Dafür mussten die Menschen in einem anderen Land hungern. Dort gab es ja keine Köche mehr. Im nächsten Land gab es so viel Medizinmenschen, dass durch die ganzen Tabletten der Boden vergiftet wurde, weil die Kranken ja wieder woanders lebten. Es entwickelten sich Gelehrte. Weil jeder das Gleiche machte, wollte es natürlich auch jeder besser wissen, und man schrieb Bücher über das Einzige, was man noch konnte. Daraus gingen die Lehrer hervor. Es muss ja auch jemand weitergeben, was in den Büchern steht. Es war ein Teufelskreis. Nur noch Langeweile, Monotonie. Irgendwann gab es so viel von den ganzen Dingen, dass die Menschen fast daran erstickt wären.

Ich glaube ich muss aufhören, dir weiter zu berichten. Es scheint, als hätte das Denkerchen eine Idee.

„Ich hab's, Oskar!", rief das Denkerchen. „Du brauchst eine Freundin, damit du nicht mehr so alleine bist. Dann hört das auch mit den Stürmen und tosenden Meeren auf. Und außerdem müssen sich die Menschen wieder treffen, damit es einen Feierabend gibt und keine Tränen. Die ständigen Belehrungen müssen ein Ende haben. Stattdessen darf wieder jeder selbst herausfinden, was gut für ihn ist. Alle sollen etwas Besonderes und wichtig sein. Und sie sollen Freude haben an dem was sie tun. Ach, wäre doch alles wieder so wie vorher."

Das Denkerchen saß, das Kinn auf die Hände gestützt, auf Oskars Nase und hatte seine Stirn zu Falten gelegt. Diesmal kraulte Oskar es hinter den Ohren.

„Wäre ich doch ein Zauberer!", murmelte Oskar. „Was hast du da gerade gesagt, Oskar? Jetzt weiß ich es! Ich weiß es jetzt. Bei manchen Menschen war auch in unserem Land das Herz versteinert. Sie konnten sich nicht mehr bewegen und lagen da, wie ein Fels!", rief das Denkerchen. „Sicher waren sie verzaubert!"

„Wie meine Alpinia!", rief Oskar und fing an laut zu schluchzen.

Ich will dir noch schnell verraten, dass in diesem Augenblick mein Gartenteich entstand. Alle Meere waren doch schon so voll.

„Meinst du etwa die Alpen?", fragte das Denkerchen mit weit geöffneten Augen. Ihm blieb fast die Spucke weg. „Du meinst die Alpen sind deine versteinerte Alpinia?" Oskar nickte traurig. „Ach Oskar, sei nicht traurig. Lass mich noch einmal ein wenig nachdenken. Wir finden schon eine Lösung!" Vor Erleichterung ließ Oskar einen tiefen Seufzer hören.

Jetzt erinnerte sich das Denkerchen daran, dass die Medizinmenschen immer ein bestimmtes Lied für die Menschen mit den versteinerten Herzen getrommelt hatten. Sie hatten es so lange getrommelt, bis ein Lächeln über deren Lippen kam und sie sich wieder bewegen konnten. Das erzählte es Oskar. Der wedelte vor Freude mit seinem langen Drachenschwanz hin und her und bekam vor lauter Aufregung einen feuerroten Kopf.

Wahrscheinlich glaubst du mir jetzt nicht, was im Augenblick des Schwanzwedelns geschehen war. Die Spitze von Oskars Schwanz hatte alle Menschen durcheinandergewirbelt, so dass sie wieder, bunt gemischt, vereint waren. Es wurde getanzt und gelacht und gegessen und getrunken. Sogar die Lehrer, die es vorher ja überhaupt nicht gegeben hatte, sollten eine Rede halten. Von diesem Zeitpunkt an durften sie alles aufschreiben, was sie erlebt und gesehen hatten. So entstanden dann auch die Bibliotheken. Allerdings mussten sie schwören niemandem mehr etwas aufdrängen zu wollen. Jedem, der zu ihnen kam und etwas wissen wollte, waren sie allerdings zu einer Auskunft verpflichtet. Glaube mir. Es gab viele neugierige Menschen. Vor allen Dingen neugierige Kinder. Den Lehrern rauchten bald die Köpfe und sie hatten einen riesigen Spaß während ihrer Arbeit.

Da holten die Medizinmenschen ihre Trommeln aus den Häusern und trommelten das Lied der bewegten Herzen. Bis tief in die Nacht hinein. Nachdem sich auch beim Letzten des Volkes ein Lächeln gezeigt hatte, hörte man aus Richtung der Alpen kommend, ein mächtiges Dröhnen.

„Bleib ruhig, Oskar", flüsterte das Denkerchen. „Wir wollen doch jetzt alles so lassen, wie es ist." In der selben Sekunde wurde Oskars Drachennase von einer anderen Drachennase berührt. Es war die von Alpinia. Das Trommeln der Medizinmenschen hatte sie aus ihrer Versteinerung erlöst. Die beiden schauten sich glücklich an.

Du möchtest wissen, was das Denkerchen gemacht hat? Es ist zurück zu seinem Volk gegangen, weil ihm das Nachdenken jetzt noch mehr Freude gemacht hatte.

Natürlich berichte ich dir auch noch, was aus Oskar und Alpinia geworden ist. Sie haben es sich in einer Höhle gemütlich gemacht. Dort geht es ihnen gut. Wenn sie mal Sonne tanken wollen, fliegen sie auf einer großen Wolke in die Wüste. Dort ist genug Platz.

Hast du schon einmal etwas über Sandstürme gehört? Spätestens jetzt weißt du, von wem sie verursacht werden.

Meere gibt es ja nun auch genügend, darum haben sich die beiden bis zur nächsten Dürre auch das Weinen abgewöhnt.

Neulich waren sie in der Nordsee schwimmen. Der Tag, an dem die Wellen so hoch waren. Du erinnerst dich?

Und weil alles noch mal gut gegangen ist, ist das Märchen nun zu Ende. Schluss, aus die Maus.

Von Käthe und Klaus

Es war einmal vor langer, langer Zeit. Da hatten die Menschen, wenn sie älter wurden, ganz krumme Rücken von der schweren Arbeit. Das viele Bücken und Tragen von Säcken, Eimern und anderen Dingen ließ sie immer nach unten schauen. Und irgendwann war ihr Körper einfach in dieser Haltung stehen geblieben. Ich glaube, dass während dieser Zeit auch die Geschichten der Zwerge entstanden sind. Durch das ewige auf den Boden Schauen, haben die Leute natürlich auch gesehen, was sich da unten so alles abspielt. Ihnen ist fast nichts entgangen. Vor allen Dingen den ganz alten Menschen nicht. Denn je älter man war, desto krummer wurde der Rücken. So konnten die Alten also besonders tief schauen. So kam es auch, dass die Zwerge ihre Existenz nicht mehr geheim halten konnten.

Am häufigsten waren sie in den Gärten und Wäldern zu finden. Das sind gute Orte für Zwerge, weil es dort immer einen Baum oder Strauch gibt, hinter dem man sich verstecken kann. Genau so einen Garten mit Bäumen und Sträuchern hatte Tante Lieschen.

Tante Lieschen war so eine alte Dame, deren Rücken von der vielen Arbeit krumm geworden war. Außerdem hatte Tante Lieschen in einem kleinen Häuschen am Waldrand gewohnt. Sie hatte es sich dort schön gemütlich gemacht und hatte, durch die Nähe des Waldes, immer genügend Holz, um sich ein warmes Feuer zu machen. Dann war da noch Onkel Gustav. Onkel Gustav war auch ein alter Mann, und er hatte einen krummen Rücken, aber nicht ganz so krumm wie der von Tante Lieschen, weil Onkel Gustav bis vor einigen Jahren noch eine Frau hatte, mit der er sich die Arbeit geteilt hatte.

Leider war die aber an einem Tag im Winter gestorben.

Weil die Menschen früher noch mehr Märchen gelesen haben, als in der heutigen Zeit, waren sie auch darauf vorbereitet, dass es ganz schön grausig sein konnte im Alter alleine und mit krummen Rücken einsam in einem Häuschen zu leben. Und wenn man ganz viel Pech hatte, konnte man zu einer Hexe oder einem garstigen Zwerg werden. Die Chance eine Prinzessin oder ein Prinz zu werden war geringer, weil es ja nicht so viele Schlösser und weiße Pferde gibt.

Also hatte sich Tante Lieschen gedacht: „Wenn jetzt dem Gustav seine Frau nicht mehr lebt, werde ich mir ihn mal genauer anschauen. Falls er mir gefällt, und er mir auch noch ein wenig bei der Arbeit helfen will, frage ich ihn einfach, ob er Lust hat von nun an mein Mann zu sein."

Genau so hatte es Tante Lieschen dann auch gemacht. Die beiden hatten sich angesehen, eine Weile beobachtet und sich anschließend einen Kuss gegeben. Danach haben sie sofort geheiratet. In diesen alten Zeiten musste man nämlich sofort heiraten, sobald man sich geküsst hatte. Die beiden hatten es ja genau so gewollt. Von diesem Tag an wurden die beiden Herr Gustav und Frau Lieschen genannt.

Herr Gustav hatte sein Pferd genommen und ist zu Frau Lieschens Hütte geritten. Die hat ihm vom Pferd geholfen und gesagt: „Komm herein, mein lieber Gustav. Von nun an darfst du bei mir wohnen." Kinder konnten Herr Gustav und Frau Lieschen nicht mehr bekommen, denn dafür waren sie zu alt. Herr Gustav hatte aus seiner ersten Ehe allerdings einen Sohn. Der wiederum hatte eine Frau. Beide zusammen hatten zwei Kinder. Somit hatte Herr Gustav zwei Enkelkinder.

Die hießen Klaus und Käthe. Die Kinder liebten ihren Opa sehr. Und auch Tante Lieschen hatten sie lieb gewonnen. Darum gingen sie auch oft in den Wald, um die Großeltern zu besuchen. Ihre Eltern gaben ihnen jedes Mal Kuchen und Säfte, oder mal einen herzhaften Schinken und ein paar saure Gurken mit. Darüber freuten sich die beiden immer sehr.

Heute war wieder so ein Tag. Klaus und Käthe zogen ihre Rucksäcke an, um die Großeltern zu besuchen. In Klaus Rucksack war ein Glas Honig, ein Zitronenkuchen, ein Eisbein und ein Töpfchen Sauerkraut. Käthe hatte Äpfel, Birnen und zwei Paar dicke Socken eingepackt. So bepackt liefen Klaus und Käthe auf dem mit frischem Laub bedeckten Waldboden. Jedes Mal, wenn sie einen Käfer oder eine Schnecke sahen, hoben sie ihre Füße besonders hoch, um die Tiere nicht zu zertreten. Ihre Großeltern hatten ihnen nämlich erzählt, dass man Tiere nicht einfach aus Unachtsamkeit töten darf. Wer selbst keine Schmerzen haben möchte, dürfte auch anderen Lebewesen keine Schmerzen zufügen.

Doch mit einem Mal stockte ihnen fast der Atem, denn sie vernahmen ein lautes Krachen. Genau vor ihren Füßen fiel ein dicker Baum zu Boden. Es war eine Eberesche. Weißt du, der Baum mit den wunderschönen roten Beeren. Man nennt ihn auch Vogelbeerbaum. Er kann 100 Jahre alt werden und stellt ganz vielen Vogelsorten seine Beeren als Futter zur Verfügung. Besonders den Drosseln.

Früher gab es sogar Menschen, die Singvogelfallen bei den Ebereschen gebaut haben, weil dort besonders viele Vögel waren. Zur Strafe sind sie dann zu krächzenden Zwergen geworden, denen für alle Zeiten das Singen vergangen war.

Wie gesagt, standen Käthe und Klaus, starr vor lauter Angst und Schreck, vor der umgefallenen Eberesche. Da hörten sie zwischen den Zweigen ein Knistern und Knattern. Für einen Moment glaubten sie sogar eine Stimme zu vernehmen. Die Stimme klang heiser und bösartig. Käthe und Klaus schauten sich erschrocken in die Augen und ahnten im selben Moment, dass sie es hier mit einem grantigen Zwerg zu tun haben könnten. Kaum war der Gedanke im Kopf, da zeigte Klaus auch schon vorsichtig zur Mitte des Stammes. „Sieh mal Käthe, ein Zwerg."

Ich weiß, du denkst jetzt, das ist doch alles nur ein Märchen. Glaube mir. Ich sehe alles genau vor mir. Der Zwerg hatte die Größe deines linken Fußes.

Seine Haare waren grauweiß. Die Finger- und Fußnägel haben sich gerollt. Seine Kleidung bestand aus einem Hasenfell. In seiner Hand hielt er ein kleines Messer, das aussah wie eine Säge. Damit versuchte er einen Ast der Eberesche abzusägen. Sein Kopf war dabei feuerrot und plusterte sich auf, als würde er gleich zerplatzen. Als er nach oben schaute, entdeckte er Käthe und Klaus. Er schrie wie von einer dreimal giftigen Tarantel gestochen und stampfte wie ein wild gewordener Ameisenbärbändiger mit seinen aufgerollten Fußnägeln in den Waldboden.

Klaus und Käthe nahmen sich in den Arm und hielten sich gegenseitig fest. Da fasste Käthe Mut. Ihr wurde bewusst, dass dieses wild gewordene Wesen nur ein kleiner Zwerg, in der Größe ihrer linken Schuhsohle, war. Sie sah ihn mit zusammengekniffenen Augen an, ballte ihre Hände zu Fäusten, beugte ihren Kopf nach vorne, baute ihre Mitte auf, stemmte die Fäuste in ihre Taille und sah den Zwerg ganz ruhig an. In leisen, aber eindrucksvollen Worten, sprach sie Folgendes: „Du kleines, singvogelquälendes, hasenfellbehangenes, ergrautes, stampfendes, Ebereschen tötendes, Verlust bringendes, wild gewordenes, nichts sagendes, krächzendes, armes Wesen! Als kleiner Zwerg musst du deine Tage verbringen. Wie lange hast du gebraucht, um diesen wunderschönen Vogelbeerbaum zu fällen, mit deinem winzigen Messerchen? Ein Jahr, zwei Jahre oder gar drei, vielleicht sogar vier Jahre? Wolltest du bei Schneewittchen landen? Da hast du aber Pech gehabt! Wer so einen Platz haben möchte, darf keine Singvögel fangen. Sieh dich an. Du bist vergrämt, zornig und unzufrieden. Sogar das Singen ist dir nicht mehr vergönnt."

Klaus blickte stolz auf seine Schwester. So viel Mut hätte er ihr nie zugetraut. Käthe räusperte sich kurz, rieb ihre Hände gegeneinander, sah dem Zwerg noch einmal in die Augen und sagte schließlich: „Komm Klaus, lass uns zu unseren Großeltern gehen."

Wen Klaus und Käthe allerdings übersehen hatten, war der Wolf, der sich hinter ein paar alten Fichten versteckt hatte. Eigentlich hatte er vor gehabt die beiden reinzulegen. Er hatte schon lange nichts Ordentliches mehr zwischen seinen Zähnen gehabt. Nachdem er aber beobachtet hatte, wie zornig Käthe werden konnte, hatte er es mit der Angst zu tun bekommen. Er ist gelaufen wie noch nie in seinem Leben. So ist das mit dem Wolf auch noch einmal gut gegangen. Gott sei Dank!

Der Zwerg allerdings war vor lauter Wut, weil Käthe keine Angst vor ihm hatte, so in die Luft gegangen, dass er mit seinen Fußnägeln bei der Landung im Stamm der Eberesche stecken geblieben war und nicht mehr heraus kam. Die Kinder streckten ihm zum Abschied kräftig die Zunge heraus.

Anschließend fassten sie sich an den Händen und setzten ihren Weg fort.

Herr Gustav und Frau Lieschen konnten kaum glauben, was ihnen die Kinder erzählten. Sie sahen sich an, schüttelten mit dem Kopf und sagten: „Kinder, Kinder! Dann ist ja alles noch mal gut gegangen.“ Die Vier setzten sich an den Küchentisch und ließen sich den Kuchen schmecken.

Doch bevor das Märchen zu Ende ist, will ich dir noch etwas verraten. Weißt du, warum es in manchen Gärten Gartenzwerge gibt? Die sind nicht in einer Fabrik hergestellt worden. Nein! Das wollen einem die Menschen erzählen, die nicht mehr an Märchen glauben. Halt dich fest und höre zu, was ich dir jetzt sage! Es sind versteinerte, stecken gebliebene Zwerge ohne Herz. Sie sind unfähig sich zu bewegen. Erst, wenn sie das Gute in sich und dem anderen entdecken, werden sie erlöst. Dazu brauchen sie Käthe und Klaus nicht. Auch nicht Herrn Gustav und Frau Lieschen. Das müssen sie ganz alleine machen.

Und wenn sie nicht zerbrochen sind, dann leben sie noch heute.

Vom Feuersteinchen

Es war einmal vor vielen, vielen Jahren, als auf der Erde noch Riesen gelebt haben. Zu jener Zeit gab es ein Mädchen, das von allen das Feuersteinchen genannt wurde. Überall wo es auch hinkam, brachte es seine Feuersteine mit und schenkte den Menschen ein wenig Wärme. Besonders in den Wintermonaten war das ein großes Geschenk. Man konnte sich am Feuer wärmen und brauchte keine Angst mehr vorm Erfrieren zu haben. Wenn das Feuersteinchen kam, bot man ihr jedes Mal den schönsten Platz an. Sie sollte sich schließlich wohlfühlen, wenn sie ihre Steine aneinanderrieb, um ein Feuer zu entfachen.

Weil das Feuersteinchen nicht nur in der Lage war eine Flamme zu entzünden, sondern auch noch Geschichten aus aller Herren Länder zu erzählen wusste, wurde sie oft eingeladen die Abende am Feuer kurzweilig zu gestalten. Die Stunden mit Feuersteinchen waren immer besonders schön. Die Menschen aßen dann gemeinsam, wärmten sich an den Flammen und lauschten Feuersteinchens Worten.

An einem Abend hatte Feuersteinchen so eine spannende Geschichte zu erzählen gewusst, dass einem jungen Mann vor lauter Schreck sein Fleischknochen, an dem er zuvor noch genagt hatte, in das Feuer gefallen war.

Weißt du, in dieser Zeit wurde alles Fleisch noch roh verzehrt. Daher bedurfte es einer großen Anstrengung, die Stücke klein zu beißen. Die Zähne mussten scharf und gesund sein.

Kaum, dass der Knochen des jungen Mannes ins Feuer gefallen war, vernahm man einen unbekannten Geruch. Alle rümpften ihre Nasen, schnupperten, wo dieses Aroma wohl herkommen könnte, und zeigten dann schließlich auf den dampfenden, braun gebratenen, wohl duftenden Fleischknochen, der im Feuer vor sich hin brutzelte. Im selben Augenblick nahmen alle ihre Fleischstücke, warfen sie ins Feuer und schauten voller Ehrfurcht dem Garprozess zu. Und weil das Fleisch so herrlich duftete, lief ihnen, vor lauter Lust dieses gleich essen zu wollen, das Wasser im Mund zusammen. Die Menschen griffen schnell ins Feuer, um sich die wohlriechenden Knochen herauszuholen.

Dieses Wehgeschrei wirst du dir sicher vorstellen können. Alle waren natürlich wie wild durcheinandergelaufen, hatten sich auf die Knie geworfen, waren wieder aufgestanden, hatten anschließend die Hände zum Himmel gerichtet, waren gehüpft und gesprungen, hatten ihre Körper geschüttelt und unverständliche Worte herausgeschrien. So lange, bis ihre Schmerzen nachgelassen hatten.

Das waren die Anfänge des Regentanzes.

Ohne, dass es den Menschen bewusst war, hatten sie durch ihre Gebärden um Heilung gebeten. Und was heilt wohl eine verbrannte Hand besser als Wasser? Natürlich noch mehr Wasser!

Der Himmel hatte sich in diesem Augenblick geöffnet und einen ordentlichen Schauer zur Erde geschickt. Die Männer und Frauen hatten ihre Arme nach oben gehalten und erfuhren so dankbar die Linderung ihres Verbrennungsschmerzes.

Durch den vielen Regen war natürlich auch das Feuer erloschen und die braun gebratenen Fleischstücke warteten darauf, dass ihnen jemand Beachtung zukommen ließ.

Es war ein junger Mann, der nun ein Stöckchen anspitzte, es in das Fleisch spickte, um es dann vorsichtig aus der Glut zu nehmen. Nun machte er es wie das Feuersteinchen, wenn es versuchte eine Flamme zu schüren. Er blies und blies und blies, bevor er vorsichtig seinen Mund öffnete, um den Spieß damit aufzunehmen und ein Stück Fleisch davon abzubeißen. Er empfand, während er in das saftige Stück biss, ein ganz neues Gefühl von Leichtigkeit. Das Fleisch war zart und wohlschmeckend. Er brauchte es nur noch wenig zu kauen, um es anschließend hinunterzuschlucken. Das Gesicht des jungen Mannes ließ vermuten, dass es ihm köstlich schmeckte.

Nachdem er alles gegessen hatte, leckte er sich sogar noch die Finger ab. Die anderen schauten interessiert und voller Spannung zu. Endlich wagten sie es auch, von dem Fleisch zu probieren. Nachdem sie es gegessen hatten, liefen sie wie wild durcheinander. Sie lachten, klatschten in die Hände, umarmten sich, streckten ihre Hände zum Himmel, hüpften und drehten sich im Kreis. So entstand auf der Erde der Freudentanz. Wahrscheinlich wird dir aber jeder, der dieses Märchen nicht gelesen hat, etwas anderes erzählen. Hauptsache du weißt, wie es sich wirklich zugetragen hat.

Das Feuersteinchen saß verdutzt im Regen und betrachtete die abgenagten Knochen. Warum war sie nie darauf gekommen? Diese neue Erfindung ließ ihre Wangen vor lauter Feuereifer erglühen.

Seit dieser Zeit kennt man nun die Vorzüge des Kochens. Dank Feuersteinchen hat es sich auf der ganzen Welt verbreitet. Denn überall wo sie ein Feuer entzündete, berichtete sie auch von den verschiedenen Speisen, die die Menschen ausprobiert hatten. Da jeder Mensch von Natur aus immer lernen möchte, - wenn man ihm nicht auf die Nerven geht oder ihm allzu häufig den Mund verbietet, oder ihn sogar ganz gemein auslacht, oder ihn nicht das machen lässt, was ihm Freude macht, - wollten natürlich alle alles ausprobieren.

Du kannst dich sicher aus einem anderen Märchen noch daran erinnern, dass es Zeiten gab, in denen es den Beruf des Lehrers nie gegeben hatte? Diese Zeit zählt natürlich auch dazu. Sonst hätten die Leute, während Feuersteinchen ihre Geschichten erzählte, doch gar nicht so gut zuhören können. Hier durften die Menschen ihr Wissen aus der Erfahrung und dem sich ausprobieren erwerben. Irgendwann warfen sie dann noch gewurzelte und auf dem Boden wachsende, in der Luft hängende, auf der Erde kriechende und im Wasser schwimmende Pflanzen ins Feuer und probierten immer wieder neue Rezepte aus.

Wie es weiter gegangen ist, weißt du, wenn du das Märchen vom Schlaraffenland und den Berg von Grießbrei kennst. Jemand hatte anschließend den Topf und die Pfanne erfunden, damit die Menschen vor lauter Übermaß nicht geplatzt sind. Und damit hatte es noch kein Ende genommen.

Mein Märchen heißt aber das Märchen vom Feuersteinchen. Darum gehe ich jetzt zurück zu dem Abend, als das Kochen erfunden wurde und die Leute vor lauter Freude darüber getanzt haben.

Nachdem sich alle satt gegessen hatten, haben sie noch ein Liedchen vor sich hingesummt. Den meisten waren schon die Augen zugefallen, als ein furchterregendes Donnern und Grollen zu hören war.

Feuersteinchen sprang schnell auf und schrie so laut sie konnte: „AUUUUUUUUUFWACHEEEEEEEN!" Alle versammelten sich um Feuersteinchen und hielten sich die Ohren zu. Die Erde dröhnte und bebte. Die Bäume wiegten sich wie bei einem Orkan, die Vögel schrien und die Tiere liefen, als seien sie vom Teufel berührt, davon.

Ich zögere es schon wieder hinaus dir zu berichten, wer das alles verursacht hatte. Es graust mich jetzt noch und lässt meine Haare zu Berge stehen, meine Knie vor Grauen schlackern und meine Hände vor Angst zittern. Mit den gleichen Gefühlen, wie ich sie gerade in mir spüre, stand das Feuersteinchen im Zentrum des Geschehens und jeder, der dabei war, dem ging es genauso.

Nun gut, ich werde dir erzählen, was geschehen ist. Falls du alleine liest, dann nimm jetzt lieber das Buch und such dir jemanden, der dich während des Lesens in den Arm nimmt. Gut, es ist ein Märchenbuch. Aber können du oder ich wissen, ob das nicht alles der Realität entspricht? Also geh, bevor es zu spät ist.

Denn da kam mit riesigen Schritten ein überdimensional großer, zähnefletschender, knollennäsiger, langbärtiger, rotäugiger, schwarznageliger, faltenhäutiger, wutentbrannter, spuckender, glatzköpfiger Riese. An seinem Leib trug er alte, zerfetzte Stoffreste. Seine Füße hatten so eine dicke Hornhaut, dass man mindestens hundert Elefantenzähne daraus schnitzen könnte. Darum konnte er auch barfüßig gehen. Unter seinen Fußnägeln war so viel Dreck, dass man das Schwarze Meer damit hätte füllen können.

Feuersteinchen und die anderen warfen sich auf den Boden und stellten sich tot. Sie zitterten und bebten und hofften inständig, dass sie nicht von seinen schrecklichen Füßen zertreten würden.

Doch dann hatte Feuersteinchen, Gott sei Dank, eine Idee. Wenn das knusprig gebratene Fleisch den Menschen das Wasser im Munde zusammenlaufen ließ, würde es beim Riesen sicher genauso sein. So fragte sie den Jäger nach den frisch erlegten Wildschweinen. Der zeigte auf die tiefe Mulde neben sich. Da rieb das Feuersteinchen zwei Steine aneinander und entfachte an ein paar Hölzchen ein Feuer. Der Riese indes suchte mit seinen furchterregenden, roten Augen den Boden nach Frischfleisch ab.

Feuersteinchen aber hatte die brennenden Hölzchen zu den toten Wildschweinen geworfen. Die fingen nach einer Weile herrlich an zu duften. Der Riese schnupperte, ging dem Duft nach und bemerkte das Feuer. Weil ihn das so blendete, hielt er sich die Hände vor die Augen. Der Duft des Gebratenen ließ ihn sein Misstrauen allerdings vergessen. Er griff mit beiden Händen nach dem Fleisch, verbrannte sich alle zehn Finger und schrie und rannte, als würde er von sämtlichen Erdentieren verfolgt werden. Dann warf er sich auf den Boden und weinte.

Hast du schon einmal etwas von den Niagarafällen gehört? Das sind riesige Wasserfälle. Sie sind aus den Tränen dieses Riesen entstanden.

Das Feuersteinchen hatte in diesem Moment die Traurigkeit und den Schmerz des Riesen mitgefühlt. Darum hatte sie auch ein gebratenes Wildschwein genommen, an ein Seil gebunden und mit viel Mühe hinter sich her gezogen. Sie war damit schwitzend zu dem Riesen gegangen und hatte es ihm vor die Nase gelegt. Der Riese hatte da gelegen und vorsichtig zu ihr geschaut. Dabei hatte er geschluchzt und sich in seinen dreckigen Ärmel geschnäuzt.

Feuersteinchen wurde auf einmal klar, dass er nur so getan hatte, als sei er ein gefährlicher Bösewicht. Da hatte sie sich neben sein Ohr gesetzt und ihn gefragt, ob er gerne ihr Freund werden wolle. Der Riese hatte daraufhin wieder angefangen zu weinen und die Niagarafälle sind noch größer geworden.

„Ich wäre sehr gerne dein Freund“, hatte er dem Feuersteinchen geantwortet, und sein glatzköpfiges Gesicht war vor Freude ganz rot geworden. Das Feuersteinchen hatte auf das gebratene Wildschwein gezeigt und gesagt: „Nun beiß schon hinein.“ Dieses Schmatzen hättest du hören sollen. Er gluckste richtig vor Vergnügen. So ein leckeres Essen hatte er vorher noch niemals bekommen. Auf einmal hatten seine Augen angefangen zu leuchten. Die Mundwinkel zeigten nach oben und die Stirn war so glatt gewesen wie die einer Feuerqualle. Er sah sogar richtig hübsch aus. Mit seiner rechten Hand zupfte er sich ein wenig verlegen am Kinn. Vorsichtig setzte er sich anschließend auf und reichte Feuersteinchen die Hand. Die stieg auf die Hand des Riesen, machte es sich bequem, streckte die Beine in die Luft und trällerte ein Liedchen. „Wie soll das nur mit unserer Freundschaft funktionieren, Feuersteinchen? Ich als Riese und du so klein.“ Die beiden dachten nach.

Nach einer Weile sagte Feuersteinchen: „Auf jeden Fall darfst du den Menschen nicht so einen Schreck einjagen. Du solltest ein wenig aufmerksamer werden und nicht so schnaubend durch die Welt laufen. Dir hat doch niemand etwas getan." Der Riese hatte Feuersteinchens Worte eingesehen. Die schaute ihn mit feurigen Augen an und meinte: „Weißt du was? Wir ziehen in die Berge. Da fällst du nicht so auf und musst außerdem immer nach unten schauen, um die Berge nicht zu übersehen. Automatisch wirst du dann achtsamer. Du stolperst nicht über deine großen Füße und überrollst auch niemanden. So erkennst du Schritt für Schritt, wohin dich dein Weg führt. Ich bin sowieso öfter unterwegs, damit sich das Feuer noch weiter verbreitet. Die Menschen brauchen die Flamme, damit ihre Herzen nicht erfrieren. So entsteht auch für mich keine Langeweile."

Der Riese schaute Feuersteinchen in die Augen und sagte: „Ich werde dann immer auf dich warten. Falls mir mal langweilig wird, mache ich ein bisschen Wind. Und wenn du den Wind in deinem Rücken spürst, dann weißt du, dass ich an dich denke, Feuersteinchen."

„Ach, mein lieber Riese", antwortete da das Feuersteinchen. „Immer, wenn die Rauchschwaden den Himmel berühren, kannst du erkennen, wo ich bin. Ein Funke meines Feuers wird immer dir gehören. So weißt du, dass ich dich nicht vergessen habe."

Inzwischen hatte der Riese so große Schritte gemacht, dass er die Berge erreicht hatte. Schau mal in einen Atlas. Da gibt es das Riesengebirge. Verrate nur denen, die es hören wollen, wer dort lebt. Die meisten werden sagen, dass das alles nur ein Märchen ist. Die verstehen das Geheimnis nie. Es sei denn, du liest ihnen diese Geschichte vor. Auf jeden Fall ist es wichtig für dich zu wissen, dass so der Wetterkreislauf entstanden ist. Das Feuer hatte das Wasser verdunsten lassen. Der Riese hatte vor lauter Sehnsucht nach Feuersteinchen so viel Wind gemacht, dass die Wolken, die durch das verdunstete Wasser entstanden waren, ganz woanders hingezogen sind, als sie eigentlich hergekommen waren. Dort sind sie wiederum als Regen auf die Erde gefallen. Das war der Auslöser, dass durch das Wasser die Samen im Boden zu wachsen begannen. So entstanden auch die Wälder.

Einmal wollte sich der Riese für Feuersteinchens Heimkehr besonders schön machen. Dazu hatte er einen ausgegrabenen Säbelzahn eines Säbelzahntigers genommen, um sich seine Fußnägel sauber zu kratzen. Ich kann gut verstehen, dass du mir kaum glauben wirst, was ich dir nun erzähle. In den Dreckklumpen waren lauter Gold, Silber und Edelsteine versteckt. Die Erde bringt doch im Laufe der Jahre Metalle hervor. Und ich will nicht wissen, wie lange sich der Riese seine Füße nicht mehr gewaschen hatte.

Jetzt konnten die Menschen sogar Werkzeuge und Schmuck herstellen. Dem Riesen war nun auch nicht mehr langweilig, denn von überall her kamen Männer und Frauen ins Riesengebirge, um ihm die Füße sauber zu machen. So ein schönes Leben hatte er sich in seinen kühnsten Träumen nicht vorgestellt. Am schönsten aber war es, wenn Feuersteinchen nach Hause kam, auf seiner Hand Platz nahm und ihm von ihren Reisen berichtete.

Und wenn sie nicht gestorben sind, dann leben sie noch heute.

Von Jonas und der Erkenntnis der Elemente

Dieses Märchen hat sich zu einer Zeit zugetragen, da die Menschen noch an das glaubten, was sie in ihren Herzen fühlten. So taten sie die Dinge, zu denen sie sich berufen fühlten und umgaben sich mit Menschen, die ihnen gut taten und denen sie auch gut taten. So waren sie sich eine gegenseitige Bereicherung. Ihr Ziel war es, in friedlicher Eintracht miteinander zu leben. Sie strebten eine Ernährung an, die sie gesund und vital erhielt, bauten sich Unterkünfte, die ihnen Schutz und Sicherheit gewährten und suchten nach Gefährten, mit denen es möglich war ihre Art zu erhalten. Außerdem strebten sie danach in einer Gemeinschaft zu leben, die ihnen ausreichend Raum gab, sich weiter zu entwickeln. So lebten sie ein sinnerfülltes Miteinander und erfreuten sich an ihrem Dasein.

Es war so üblich, dass ein jeder Bewohner für eine Zeit auf Reisen ging. Unabhängig von der Meinung eines anderen, sollte er die Möglichkeit haben, die Welt so zu sehen, wie es seine Augen zuließen. Das eigene Ich entdecken, um sich, im Zusammenleben mit anderen, seiner Selbst bewusst zu werden. Man nannte diese Menschen 'das Volk der verweilenden Reisenden'. Manche sprachen auch von den 'einmal Angekommenen'.

In diesem Volk lebte in dieser Zeit ein junger Mann. Sein Name war Jonas. Von den Dorfbewohnern wurde er der Sehende genannt. Oft saß er unter den Bäumen und ließ seinen Blick in den Himmel schweifen. Alle hatten das Gefühl, dass er in diesem Zustand auf Reisen war. Darum wunderte sich auch niemand, als er eines Tages seine Wasserflasche und sein Messer nahm und sich verabschiedete.

Er wollte seine Gemeinschaft für eine Weile verlassen, weil er mehr von der Welt erfahren wollte Die Menschen dort hatten noch ein gutes Gespür dafür, wann der Zeitpunkt einer Wanderschaft anstand.

„Bin ich wirklich schon soweit mein Volk zu verlassen? Ich war dort und doch nicht Zuhause. War gesättigt und habe noch Hunger verspürt. Habe mit den anderen gesungen und mich nach meinen eigenen Liedern gesehnt. Wollte eine Familie gründen und meine Freiheit verteidigen." Jonas stellte sich viele Fragen. „Ja, es ist gut, dass ich gehe. Ich will erfahren wer ich bin und was mich in der Gemeinschaft ausmacht." Während er nach Antworten suchte, lief Jonas über den weichen Waldboden. Es roch nach Moos und alter Rinde. Der Duft der Gräser ließ die Ankunft des Frühlings erahnen. Der letzte Schnee musste der Frühlingssonne weichen. Nur die schattigen Plätze wollten die Erinnerung des Winters festhalten, obgleich sie wussten, dass die Kraft der Sonne und des Lichtes auch sie dieser Jahreszeit berauben würde. Denn dort wo etwas Neues beginnt, muss das Alte weichen.

Von Ferne hörte Jonas ein Plätschern. Er dachte: „Hier muss Wasser sein. Ich will dem Geräusch folgen." Während er ging, schaute er in den Himmel. In der Stille, die jeden begleitet, der sich auf den Weg macht, vernahm er plötzlich eine Stimme, die folgende Worte zu ihm sprach: „Ich bin die Mutter allen Lebens. Wer mich sein Eigen nennt, wird niemals dürsten. In mir sind der Tod und das Leben zugleich. Es ist alles vorhanden. Allerdings bedarf es einer Zeit der Ruhe, um zu erfahren, wer du bist. Ich beherberge die Angst und den Frieden. Wer die eine Seite kennt, darf wissen, dass auch die andere Seite bereit ist, sich dir zu zeigen."

Jonas schaute sich um, konnte aber niemanden entdecken. Da vernahm er die Stimme erneut. „Sieh nach unten. Ich bewege mich immer bergab. Ich bin die Passive im Spiel des Lebens. Lasse mich fallen, in dem Vertrauen, dass es immer weitergeht." Er schaute nach unten und war sich nun sicher, dass es alleine das Wasser war, das zu ihm gesprochen hatte. Also nahm er seinen Beutel und füllte davon hinein, um sich der Worte auf ewig erinnern zu können. Nachdem er aus dem kühlen Nass noch ein paar Hände voll getrunken hatte, setzte er seinen Weg fort.

Er lief über Wiesen und Felder, Berge und Wälder. Irgendwann wurde er müde und wollte sich zum Schlafen niederlegen. Da hörte er aus dem Himmel ein mächtiges Grollen. Dunkle Wolken zogen auf. Es machte den Anschein, als sei es bald zu Ende mit diesem schönen Fleckchen Erde. Jonas vernahm einen Schmerz, wie ihn sonst nur eine Mutter verspüren kann, die ihr Kind aus dem Dunkel des Körpers verabschiedet.

Und plötzlich öffnete sich der Himmel und es regnete, als hätten die Meere ihren Platz verlassen und sich dem Himmel zur Verfügung gestellt. Anschließend war es wieder hell, als würde die Welt neu beginnen zu existieren. Das Grollen des Himmels endete in einem strahlenden Blau.

Mit einem Mal machte sich ein wütendes Krachen bemerkbar, das aus dem Boden zu kommen schien. Die Erdoberfläche zeigte Risse. Da stießen, wie von Zauberhand, junge Pflanzensprosse aus dem Boden, die mit ihrer ganzen Kraft das dunkle Erdreich durchstoßen hatten, um dem Licht zu begegnen. Die Wut schien vorüber und machte dem Zauber des Neubeginns Platz. Alleine das Zusehen dieses Schauspiels weckte in Jonas eine solche Kraft, dass ihm nichts anderes übrig blieb als, laut schreiend, um dieser Erkenntnis ein Ventil zu verleihen, loszurennen. Danach fühlte er sich wie neu geboren. Gespeist von der neu erworbenen Kraft, setzte er seinen Weg fort. Die Mittagssonne wärmte seinen Körper.

Zur gleichen Zeit erhoben sich, laut krächzend, die Krähen von ihren Bäumen. Die Glut des Mittags hatte ein Feuer entfacht und einen Teil der Bäume zerstört, auf denen sie beheimatet waren. Das machte sie aggressiv und sie schrien sich gegenseitig an. Auf der anderen Seite des Waldes vernahm er lautes Lachen. Dort, so schien es, hatten die Wesen große Freude an ihrem Dasein. Es waren Elfen und Feen, die sich in ihren schönsten Gewändern zeigten und einen Reigen aufführten. Jede hatte einen schönen Jüngling an ihrer Seite, der sie bewunderte. Sie benahmen sich so, als gehöre die Welt ihnen. Die Farben der Gewänder waren leuchtend bunt. Alleine das Zuschauen löste in Jonas ein Glücksgefühl aus.

Der Nachmittag brach an. Jonas war ein wenig müde. Er legte seine Jacke ab, ließ sich auf der Erde nieder und dachte nach. Irgendwann verschwand die Sonne über ihm. Er geriet ins Grübeln über das Erlebte. Die Erde unter ihm war warm und weich. Sie passte sich seinem Körper an, so dass sich dieser erholen konnte. Nach einer Weile hatte sich Jonas so gut erholt, dass ihm zum Singen war. Das tat er dann auch und setzte seinen Weg fort.

Plötzlich überkam ihn ein trauriges Gefühl. Er wollte etwas erfahren, neue Dinge kennenlernen, etwas mit in seine Zeit nehmen. Stattdessen war er nun hier, ganz auf sich selbst gestellt. Wie sollte er Ordnung in seine Gedanken bringen? Das Nachdenken fiel ihm schwer. Da strich ihm etwas über den Rücken. Es war der Wind, der ihm folgende Worte ins Ohr säuselte: „Bring auf den Punkt, was du gesehen hast. Jede Traurigkeit steht im Wechsel mit der Erkenntnis des Wesentlichen. Nur der Rückzug birgt die Möglichkeit der Selbsterkenntnis. Sieh genau hin. Erkenne den Kern der Dinge. Und genieße. Deine Traurigkeit hat dir den Blick auf die schönen Dinge verwehrt. Trotz deiner Abgrenzung mit dem Außen ist alles vorhanden. Die Zeit bricht an, die Früchte deines Tuns zu ernten. Bediene dich. So erfährst du Stärkung, wirst dir deiner Weisheit, deines Wissens und deiner Wichtigkeit bewusst. Du wirst gebraucht. Gib weiter, was du erfahren hast."

Da schaute Jonas auf den silbernen Ring an seiner Hand. Seine Gemeinschaft hatte ihm diesen mit auf den Weg gegeben. Zum Abschied hatten sie ihm folgende Worte gesagt: „Du wirst dich erinnern, wenn die Zeit gekommen ist, wenn sich der Kreis geschlossen hat."

So stand er auf, blickte auf den Ring an seinem Finger, ging noch ein paar Schritte umher und legte sich schließlich zum Schlafen nieder. Die Sehnsucht war es, die die Erinnerung an sein Volk wach rief. So wollte er sich, nachdem er geschlafen hatte, auf den Heimweg begeben.

Im Traum begegnete ihm alles noch einmal, was er unterwegs erfahren hatte. Er vernahm die Worte des Wassers, sah den Wald, der aus den jungen Sprösslingen, die das Erdreich überwunden hatten, gewachsen war. So konnte das Eine also nur durch das Andere hervorgebracht werden.

Im Traum zeigte sich das Wasser als Mutter des Holzes. Nährend und unterstützend. Das Holz indes verhielt sich wie ein Kind. Es sog auf, was es bekommen konnte. So wurde es kraftvoll. Das Wachstum nahm kein Ende.

Nun erschien ihm das Bild des Feuers und der Hitze. Alles zeigte sich in seiner vollen Blüte. Selbst im Traum spürte Jonas das pure, lebendige Leben. Die Aggression und die Freude zeigten ihm, dass alles zwei Seiten hat und immer aus dem Auge und dem Bedürfnis des Betrachters zu sehen ist.

Diesmal verhielt sich das Holz gleich einer nährenden Mutter und das Feuer durfte die Mahlzeit willkommen heißen, um vor Freude die eigene Grenzenlosigkeit zu erfahren. Es war durch und durch Kind, welches das Leben besitzen wollte.

Jetzt sah er den ganzen Erdenball vor sich. Ein Geben und Nehmen, ein Kommen und Gehen. Allein das Sein von Mutter Erde macht es möglich, all diesen Dingen ein Zuhause zu geben. Wohl genährt von der glühenden Sonne, die durch die Asche des Zurückgebliebenen ein Weiterbestehen ermöglicht, darf sich auch die Erde als Kind fühlen, das gespeist von dem Höchsten, allem einen Platz und Nahrung bietet.

Im Traum zeigte sich Jonas, vergraben in den untersten Schichten eines Berges, ein riesiges Metallvorkommen. Mutter Erde war die Spenderin. Ihre Mineralstoffe ließen ihr Kind, das Metall, zu einem wertvollen Element werden. Plötzlich hörte er das Meer rauschen. Ein Teil davon hatte sich seinen Weg durch den Berg gesucht. Es hatte Angst und schrie nach seiner Mutter. Es verlangte nach Nahrung, um zu dem zu werden, für was es vorgesehen war. Es lechzte nach dem Metall. Mutter Erde gab es ihm gerne. Friedlich und voller Zuversicht verließ es die Höhle, um seine Reise anzutreten. Es verteilte sich auf der Erde, wissend um die Verantwortung des Mutterseins für das Wachstum des Holzes.

Nun sah Jonas alle Elemente vor sich: Wasser, Holz, Feuer, Erde und Metall. In seinem Traum bildeten die fünf Elemente eine Einheit, indem sie einen Reigen formten. Jedes Element durfte Mutter und Kind zugleich sein. Er sah den Reigen vor sich, gleich einem nährenden Zyklus. Immer in Bewegung. Ein ständiger Prozess des Gebens und Nehmens. Mit diesem Bild erwachte Jonas aus seinem Schlaf, bewegte sich einige Male hin und her, um sich dann, gut erholt auf die Rückreise zu begeben. Es dauerte auch nicht lange, da erreichte er sein Volk. Alle jubelten und nahmen ihn freudig in Empfang. Auch Jonas war glücklich wieder zu Hause zu sein.

Er erzählte seinem Volk von seiner Erkenntnis der Verbundenheit der Elemente. Von dem nährenden Zyklus, von der Chance des ausgeglichenen Zusammenlebens, vom ewigen Kreislauf, von der Bewegung, die Leben bedeutet. Das Wichtigste war jedoch, dass er erfahren hatte, dass nichts ohne den anderen geht. Dass es eines ständigen Gebens und Nehmens bedarf, dass alles seine Berechtigung hat und wichtig ist für den Fortbestand des Lebens auf dieser Erde. So wie Jonas, dessen Volk und wie du und ich.

Und weil jedes Märchen einen Anfang und ein Ende hat, ist nun auch dieses Märchen zu Ende.

Von Knollennäschen Knatterfuß

Es war einmal vor vielen, vielen Jahren, als es dich und mich noch nicht gegeben hat. Da lebte ein Wesen, das glich weder Mensch noch Tier. Es lebte in den Wäldern des Landes, von dem ich dir berichten will. Jeder fürchtete sich, dieser Gestalt zu begegnen. In den Dörfern und Städten erzählte man, dass das Wesen ein Ungeheuer sei, grausig, jähzornig, furchterregend und bösartig. Schon die Kinder warnte man, sobald sie den ersten Schritt tun konnten, vor der Begegnung mit dem Ungeheuer. Egal, ob es ein Unwetter, eine Überschwemmung oder eine Hungersnot gab. Für alles wurde dieses Wesen verantwortlich gemacht.

So zog es sich immer mehr in die Tiefen der Wälder zurück. Dort lebte es in stiller Eintracht mit den Tieren. Diese hatten erfahren, dass es niemandem etwas zu Leide getan hatte, und duldeten es neben sich. Von allen wurde es Knollennäschen Knatterfuß genannt. Das kam daher, dass ihm mitten im Gesicht eine große, runde, knollige Nase gewachsen war, ähnlich einer Sellerieknolle. Die Füße waren riesengroß und ausgebeult, wie ein alter Schuh. Sie krachten und knatterten mit jedem Schritt. Jetzt hast du sicher auch eine Idee, welchen Ursprung der Name Knatterfuß hat.

Die Beine waren etwas kurz geraten. Darum ging das Laufen nicht so schnell. Dafür hatte es aber einen wunderschönen runden Bauch, der der aufgehenden Sonne glich. Wenn es sich zum Mittagsschlaf niederlegte, krabbelten oft die Käfer und Ameisen auf Knollennäschen Knatterfuß' runden Bauch, um sich ein wenig zu sonnen. Für sie hatte er die Höhe eines Berges und war durch nichts zu ersetzen.

Was gibt es auch Schöneres, als in der Mittagssonne auf einem Berg zu liegen und die Welt von oben betrachten zu dürfen?

Knollennäschen Knatterfuß hätte sich mit seinem Dasein im Wald abgefunden, wenn es da nicht diese Dohle gegeben hätte. Sie war oft von Langeweile geplagt. Darum erzählte sie auch immer von ihren Ausflügen, ihren Erlebnissen und wem oder was ihr während dieser begegnet war. Am liebsten tat sie das auf Knollennäschen Knatterfuß' Nase oder während seines Mittagsschlafes, auf der höchsten Stelle seines schönen, runden Bauches. Knollennäschen Knatterfuß hatte sich an die Dohle und deren Geschnatter gewöhnt. Er hatte es gerne, wenn sie ihm ihre Geschichten erzählte.

Nur wenn sie mit dem Erzählen mal gar nicht aufhören wollte, tat er so, als sei er das grausamste Wesen unter dem Sternenhimmel. Dann schnäuzte er laut in ein Kastanienblatt und klopfte sich vierundzwanzig Mal auf den Bauch. Währenddessen rief er immer wieder: „Du sieben Mal gerupftes Vogeltier! Du spitzschnäbliger Nervtöter! Du flügelbesitzender Endlosmonolog! Ich brauche RUUUUUUUUUUUUUUUUUUHHHHHHHEEEEEEEEE!!!"

Die Dohle flog dann meist auf den nächsten Baum und wartete ein paar Minuten. Sobald sich Knollennäschen Knatterfuß' Atem beruhigt hatte, ließ sie sich wieder auf seiner Nase nieder. Meist dauerte das nie länger als fünf Minuten.

Heute war es genauso. Die fünf Minuten waren gerade um, als ihm die Dohle Folgendes berichtete: „Weißt du, Knollennäschen", sprach sie, „manchmal fliege ich über die vierundvierzig Hügel hinter diesem Wald. Da gibt es Wesen, die sich

Menschen nennen. Diese Figuren sehen fast so aus wie du. Ihre Nasen sind nur nicht so schön wie deine und ihre Füße sind klein und glatt. Sie passen in jeden Schuh hinein. Außerdem haben sie gerade lange Beine und einen flachen Bauch. Für uns Dohlen und die anderen Vögel bauen sie Häuser in ihre Gärten, weil auf ihren Nasen und Bäuchen kein Platz für uns ist. Sie brauchen auch nicht so laut zu schnäuzen, weil niemand da ist, den sie verjagen müssen. Schreien hört man sie öfter. Meistens mit ihren Kindern. Schade, dass die nicht fliegen können."

Die Dohle pickte Knollennäschen ein Haar aus der Nase und ließ es anschließend, wie einen Papierflieger, im Wind fliegen.

Knollennäschen Knatterfuß hingegen hatte die Hände aufgestützt und dachte nach. Er erinnerte sich an seine Flucht. An die Zeit, als er noch hinter den vierundvierzig Hügeln gelebt hatte. Dort war ihm das Lachen vergangen. Man wollte ihn nicht. Hatte ihn beschuldigt bösartig und gemein zu sein, und ihm das Leben zur Hölle gemacht. Das alles erzählte er nun der Dohle. Die gab ihm jedes Mal ein neues Kastanienblatt, wenn er das alte voll geschnäuzt hatte. Anschließend machte sie die Bahn frei für die Tränen und hüpfte zornig schreiend vierundzwanzig Mal auf Knollennäschen Knatterfuß Bauch hinauf und hinunter. Während sie das tat, schrie sie immer wieder: „Das giiiiiiiiiiiibt es doch nicht!!!!!!!!"

„Doch", antwortete ihr Knollennäschen Knatterfuß. „Genauso, wie ich es dir gerade erzählt habe." Im selben Augenblick fuhr die Wut in ihn hinein. Er stand auf, schüttelte sich so, dass ihm die Haare zu Berge standen, stampfte mit seinem rechten Fuß ein waschbärengroßes Loch in den Boden, winkelte beide Arme an, ballte dabei die Hände zu Fäusten und schrie so laut, dass es durch den ganzen Wald schallte, an den vierundvierzig Hügeln abprallte, bei der Dohle wieder ankam. Die flog mit einem achtundachtzigfachen Salto durch die Lüfte, verlor dabei siebzehn Federn, landete auf Knollennäschen Knatterfuß Kopf und krallte sich in dessen Haaren fest, als er laut schrie: „Warum habt ihr mir das aaaaaaaannnnnnngeeeeetaaaaan???"

Dabei rannte er so schnell, wie ich noch niemanden habe rennen sehen. Die Dohle krallte sich fest, zitterte wie fünf Mal geschüttelter Wackelpudding und glaubte, dass ihr letztes Stündlein geschlagen habe. Im selben Moment erreichte Knollennäschen Knatterfuß die vierundvierzig Hügel und ließ sich erschöpft zu Boden fallen. Er rieb sich den Schweiß von der Stirn, griff sich an den Kopf und glaubte im ersten Moment, dass aus seiner Dohle eine Gans geworden sei.

Nachdem er aber nicht nur ihre nackte Haut gespürt hatte, sondern ihr auch in die Augen geschaut hatte, wusste er, dass es seine Freundin die Dohle war. Leider hatte sie kaum noch Federn. Knollennäschen Knatterfuß versprach auf sie aufzupassen, bis sie wieder aussehen würde wie eine echte Dohle.

„Lass uns nachdenken, Knollennäschen", sagte sie zu ihm. „Wir wollen uns zuerst beruhigen und nichts Unüberlegtes tun." Während sie mit ihm sprach, pickte sie ihm sämtliche Nasenhaare aus, damit er gut durchschnaufen konnte. Anschließend hüpfte sie auf seinen Bauch und rieb mit ihrem Köpfchen beruhigend darüber. Da atmete Knollennäschen Knatterfuß zehn Mal tief ein und aus, legte seine Arme neben den Körper, öffnete die Fäuste und ließ seine Füße nach außen fallen.

Es dauerte nicht lange, da kam ein wunderschönes Mädchen des Weges daher. Es erblickte die beiden, ging auf sie zu und fragte: „Könnt ihr mir sagen, wie ich zu den sieben Zwergen hinter den sieben Bergen komme?" Ruckartig standen die Dohle und Knollennäschen Knatterfuß auf, schauten das schöne Mädchen an und wussten – das musste Schneewittchen sein. Sie hatte sich wohl verlaufen. Wie gut für Knollennäschen Knatterfuß, dass der Dohle der Schnabel den ganzen Tag nicht stillgestanden hat. Sie hatte ihm jedes Märchen wenigstens hundert Mal erzählt. Darum wusste er nun auch, was auf Schneewittchen zukommen würde. Er schaute sie an, nahm ihre Hände in die Seinen, und fragte das Schneewittchen: „Willst du die Geschichte hören und selbst über dein Schicksal entscheiden?"

Das Schneewittchen schaute ihn ein wenig skeptisch an, überlegte eine kurze Weile und dachte. „Was habe ich zu verlieren? Im Schloss ist eine bösartige Stiefmutter und der Jäger will mich töten." Folglich schlug sie ein und setzte sich neben Knollennäschen Knatterfuß. Der erzählte ihr daraufhin das ganze Märchen vom Schneewittchen. Im Anschluss daran berichtete er auch noch davon, was sich hinter den vierundvierzig Hügeln abspielte.

Das Schneewittchen wollte anschließend weder in ihrem Märchen mitspielen, noch wollte sie hinter die vierundvierzig Hügel schauen. Es gefiel ihr bei Knollennäschen Knatterfuß und der halb nackten Dohle zu sein. Was war schon ein Prinz gegen das aufregende Leben neben diesen beiden wunderschönen Geschöpfen?

Und weil sich Knollennäschen Knatterfuß seine Wut schon aus dem Leib gerannt hatte, wollte er sich auch nicht mehr rächen. Ihm gefiel sein Leben so, wie es war, mit seiner Freundin der Dohle und dem Schneewittchen an seiner Seite. Das Märchen ist natürlich noch nicht zu Ende. Du möchtest sicher noch wissen, was aus den Kindern geworden ist, die von ihren Eltern immer angeschrien wurden?

Nun gut. Du sollst es erfahren. Die Dohle, das Schneewittchen und Knollennäschen Knatterfuß sind im Winter in die Häuser der Menschen gezogen und haben ihnen Märchen erzählt. Die Kinder und die Erwachsenen haben ganz aufmerksam zugehört. Dabei haben sich die Erwachsenen wieder wie Kinder gefühlt. Da ist ihnen das Schreien vergangen. Stattdessen haben sie ihre Kinder auf den Schoß genommen und ihnen selbst ein Märchen erzählt.

Manchmal sind sie noch ein bisschen laut geworden. Das hat aber höchstens fünf Minuten gedauert. Danach war alles wieder gut. Wenn dir jemand „Schneewittchen" vorliest, weißt du nun, dass dieses Märchen eine Wende genommen hat. Sie ist weder erstickt, noch wurde sie vergiftet. Die Luft hat man ihr auch nicht abgeschnürt. Schneewittchen braucht weder ein großes Schloss zu putzen, noch muss sie sich an der Seite eines Prinzen langweilen. Sie hat sich für die Dohle und Knollennäschen Knatterfuß entschieden.

Jetzt ist das Märchen aber wirklich zu Ende.

Von Ute und Sarah

Es gab einmal eine Zeit, da leuchteten die Sterne besonders hell am Himmel. Sie wollten den Menschen die Angst vor der Dunkelheit nehmen und waren stolz darauf, diese Aufgabe ihr Eigen nennen zu dürfen.

Dieses Märchen hat sich in einem Land zugetragen, das es schon lange nicht mehr gibt. Es ist zugewachsen mit Dornenhecken. Die Tränen seiner Bewohner haben es in die Tiefe des Meeres gezogen. Man erzählt sich, dass eine wichtige Erkenntnis das Tränenmeer trocknen könne, und dass es dadurch möglich sei, die Dornenhecke in ein Blumenmeer zu verwandeln.

Weil diese Geschichte ein Märchen ist, wünsche ich mir aus tiefstem Herzen, dass es noch viele Menschen gibt, die an Märchen glauben. Die bereit sind, das verloren geglaubte Land und damit dessen Bewohner, zu neuem Leben zu erwecken. Hör gut zu und achte auf die Worte, die, während du diesem Märchen lauscht, aus deiner Mitte kommen.

Sarah nahm ihre kleine Schwester an die Hand, während sie zu ihr sagte: „Auch wenn das Sternenzelt dir Schutz verspricht, so will ich dir doch meine Hand reichen. Ich habe versprochen, auf dich zu achten und dich niemals aus den Augen zu verlieren."

Die kleine Ute sah Sarah mit großen Augen an und meinte: „Kannst du dich nicht mehr daran erinnern, welche Worte des Abschieds uns unsere Eltern mit auf den Weg gegeben haben?" „Und ob ich mich daran erinnern kann", gab ihr Sarah zur Antwort. Während sie die Worte ihrer Eltern wiederholte, blickte Sarah in den Himmel. „Jedes Wesen unterm Sternenzelt ist auf die Erde gekommen, um zu erfahren, was es heißt, ein freudvolles Miteinander zu erleben."

Sarahs und Utes Eltern waren früh gestorben. Deshalb achteten die beiden Mädchen darauf, dass es ihnen gut ging, denn sie hatten ja nur sich. Schließlich wollten sie noch lange zusammenbleiben.

„Was bedeutet denn ein freudvolles Miteinander, Sarah?" Ute schaute Sarah an und wartete auf eine Antwort. Sarah zuckte mit den Schultern, dachte eine Weile nach und hatte mit einem Mal eine Idee. „Weißt du was? Wir machen uns auf den Weg, um die Antwort zu finden. Es gibt so viele große Leute. Die fragen wir. Sie werden es sicher wissen." Ute strahlte Sarah an. Sie war stolz darauf, so eine Schwester wie Sarah zu haben.

Auf einmal hörten die beiden ein klägliches Schreien. Sie schauten sich um und sahen, wie eine trächtige Rehkuh in einem Dornenbusch verhakt war und sich ihren Fuß dabei verletzt hatte. Die beiden sprachen dem Tier beruhigende Worte zu, befreiten es vorsichtig von den Dornen und versorgten die Wunde mit Heilkräutern, die sie auf der Wiese gefunden hatten. Anschließend blieben sie so lange bei der Rehkuh sitzen, bis deren Schmerzen nachließen und sie ihren Weg alleine fortsetzen konnte.

Danach pflückten die Mädchen ein paar Beeren, aßen diese und legten sich unter einem Baum zum Schlafen nieder. Als sie von der Morgensonne wach geküsst wurden, vernahmen sie ein klägliches Piepsen. Es war eine Maus, die sich so voll gefressen hatte, dass ihr Bauch fast zu platzen drohte. Ute nahm die Maus in ihre linke Hand, mit der rechten strich sie ihr über den aufgeblähten Bauch, bis es der Maus wieder besser ging. Die Maus bedankte sich und verschwand in ihrem Loch.

„So werden wir nie erfahren, was es heißt, freudvoll miteinander umzugehen", sagte Ute zu Sarah. Die beiden schauten sich hilflos an. Doch dann kam wie aus einem Munde: „Solange es Wichtigeres zu tun gibt, müssen wir eben noch auf die Antwort warten." Mit diesen Worten setzten sie ihren Weg fort. Nach kurzer Zeit trafen sie auf ein Eichhörnchen. Das war emsig dabei Eicheln für den Winter zu sammeln. Während es das tat, schaute es immer wieder ängstlich hinter sich. Sarah und Ute begrüßten das Eichhörnchen. „Vor wem hast du Angst?", fragte Ute. „Das Wildschwein wird gleich angelaufen kommen und in Windeseile alle Eicheln auffressen. Für mich bleibt dann nichts mehr übrig." So sprach das Eichhörnchen und sammelte schnell weiter. Sarah und Ute schauten sich an, bückten sich schließlich und halfen dem Eichhörnchen die Eicheln vom Boden aufzuheben. Darüber freute sich das Eichhörnchen sehr. Es bedankte sich bei den beiden und verschwand auf dem Baum.

Doch auf einmal hörten sie ein fürchterliches Rumoren. Es war ein Gefühl, als würde die Erde unter ihnen zusammen brechen, und der Himmel über ihnen hinab stürzen. Es blitzte und donnerte. Äste und Blätter flogen durch die Luft. Das Wolkenmeer öffnete sich und der Regen fiel, gleich einem Wasserfall, vom Himmel. Es war ein Unwetter, wie sie es zuvor noch nie erlebt hatten.

Sarah und Ute klammerten sich mit einer Hand aneinander, mit der anderen Hand hielten sie sich an einem Baumstamm fest. Das Tosen und Brausen nahm kein Ende. Mit einem Mal sahen sie, von weit weg, eine riesige Gestalt, die sich mit schnellen Bewegungen auf sie zu bewegte. Sie kam immer näher. Da erkannten Sarah und Ute, dass es der Sturm in seiner größten Wut war. Nun zitterten sie noch mehr vor Angst und klammerten sich verzweifelt an den Baumstamm. Der Sturm zeigte sich in der Gestalt einer riesigen schwarzen Wolke, hatte die Wangen aufgeblasen und schrie und tobte. Sarah verletzte sich am Fuß und Ute bekam vor lauter Angst solche Bauchschmerzen, dass sie darüber weinte. In diesem Augenblick wünschten sich die beiden einen sicheren Unterschlupf, der sie vor den Gefahren des Sturmes schützen würde.

Und wie alles im Leben einen Anfang und ein Ende hat, ging der Sturm - Gott sei Dank - vorüber. Sarah schaute Ute an und sprach zu ihr: „Komm Ute. Hilf mir meinen verletzten Fuß zu versorgen. Wir kommen sonst nicht weiter." Ute brachte Sarah Blätter, die die Wundheilung beschleunigen sollten. Außerdem holte sie noch ein wenig Honig, denn sie hatte in einem Baum ein Bienenvolk entdeckt. Der Honig auf der Wunde würde diese schneller heilen lassen. Dank der Hilfe ihrer kleinen Schwester konnte Sarah ihre Wunde nun behandeln. Mit einem Stofftaschentuch band sie alles gut zusammen. Nach einer Weile ging es ihr auch besser, und sie konnte wieder aufstehen.

Jetzt fing Ute an zu weinen und sagte. „Sarah, ich habe Angst vor dem kalten Winter. Ich fürchte mich vor den tosenden Stürmen, der Kälte und mache mir Sorgen, dass wir nicht genug zu Essen haben." Sarah überlegte was sie machen könnten. Schließlich stand sie auf und sagte. „Wir müssen etwas tun. Wir müssen uns um uns kümmern und Sorge für uns tragen. Dann ist es uns auch möglich, den nächsten Winter zu überleben."

Das gefiel Ute. Es ging ihr mit diesem Gedanken auch schon ein wenig besser. So begannen sie Baumstämme und Äste zu sammeln, um sich eine Hütte zu bauen. Nach einer Weile fielen sie allerdings erschöpft zu Boden, weil sie alleine nicht genügend Kraft hatten, die schweren Stämme zu bewegen. Da geschah etwas ganz Wunderbares.

Acht Hirsche eilten herbei und brachten mithilfe ihrer Geweihe dicke Baumstämme heran. Mindestens zwölf Spechte kamen angeflogen, um die Löcher für die Nägel in das Holz zu bohren. Eine große Elsterschar begab sich auf einen Rundflug und erspähte einige Waldarbeiter. Dort machten sie so ein Geschrei, dass ihnen die Männer freiwillig genügend Nägel überließen. Diese dachten wohl, Hauptsache die Elstern würden verschwinden und sie nicht mehr bei der Arbeit stören.

Nach und nach entstand so, mit Hilfe der Tiere, eine Hütte. Selbst den Vögeln machte es so große Freude den Mädchen dabei zuzuschauen, wie die sich um ihr Wohlergehen kümmerten, dass sie aus allen Himmelsrichtungen angeflogen kamen, um ihnen getrocknetes Gras für ein weiches Bett zu bringen. Auch die Eichhörnchen beteiligten sich und schleppten jede Menge Nüsse heran, damit Sarah und Ute über den Winter genug zu Essen hatten.

Sarah und Ute hatten erkannt, dass sie zuerst für sich Sorge tragen mussten. Denn wie soll es angehen, dass man jemandem hilft, der verletzt ist, wenn man selbst eine Wunde hat, die versorgt werden muss? Wie soll man ein vollgefressenes Wesen trösten, wenn man selbst nichts zu Essen hat? Und sei ehrlich. Wie schafft man es, sich sicher zu fühlen, wenn man den Stürmen schutzlos ausgeliefert ist?

Endlich besaßen Sarah und Ute eine sichere Behausung. Auf einmal ging alles viel leichter. Aus der Verzweiflung wurde so ein gegenseitiges Geben und Nehmen. Dieser Erkenntnis waren Sarah und Ute sehr dankbar. Auch über die Hilfe, die sie erfahren hatten. Darum luden sie alle Tiere zum Abendessen ein. Es gab Honig, Nüsse, Beeren, Nektar und köstliches Quellwasser. Jetzt konnten Sarah und Ute auch erahnen, was es heißt, freudvoll miteinander zu leben.

Nachdem sich alle satt gegessen hatten, erzählten die beiden Mädchen ihren Gästen das Märchen vom Dornröschen, so wie sie es von ihren Eltern erfahren hatten. Etwas anders, als du es vielleicht kennst. Warum auch soll man an böse Flüche glauben, wenn man sein Leben selbst in der Hand hat? In dem Märchen, wie es Sarah und Ute kannten, stellte sich das Dornröschen nur kurz schlafend, denn es gab keinen Grund hundert Jahre Leben zu verpassen. Warum auf einen Prinzen warten, der es befreit und den es überhaupt nicht kennt, den es sich noch nicht einmal selbst aussuchen durfte? Warum sollte es ihr schönes Schloss verlassen, um auf einem Pferd mit einem unbekannten Mann ins Ungewisse zu reiten? Nein, in dem Märchen der beiden Kinder nahm das Dornröschen die Gartenschere und begann sich selbst von den Dornenhecken zu befreien.

Als das der Koch und das andere Küchenpersonal gesehen hatten, nahm jeder ein Messer oder eine Schere in die Hand und half dem Dornröschen. Innerhalb von zwei Tagen war alles erledigt. Während dieser zwei Tage hatte sich das Dornröschen in den Koch verliebt. Es hatte ihr so eine große Freude bereitet, an seiner Seite endlich etwas Sinnvolles tun zu dürfen.

Und der Koch hatte sich auch in das Dornröschen verliebt. Die beiden haben geheiratet und glücklich bis an ihr Ende in Dornröschens Schloss gelebt. Der Koch hatte jeden Tag ein feines Mahl zubereitet und das Dornröschen hatte sich um den Garten gekümmert. Für das Wohlergehen der Kinder waren sie beide zuständig. Aus einem Sohn ist sogar ein Prinz geworden. Ein anderer hatte Gärtner gelernt. Das Mädchen, die Tochter der beiden, hatte ihrem Vater immer so gerne bei der Arbeit zugeschaut. Deswegen war sie auch Köchin geworden.

Du willst wissen, was aus dem Prinzen wurde, der das Dornröschen befreien sollte? Das weiß ich nicht. Der war doch hundert Jahre zu spät gekommen.

Nachdem Sarah und Ute das Märchen vom Dornröschen zu Ende erzählt hatten, stand den Festgästen vor Erstaunen der Mund weit offen. Sogar die Waldarbeiter hatten sich in die Runde gesellt, weil sie bisher immer von einem ganz anderen Dornröschen gehört hatten. Alle schwiegen jetzt für eine ganze Weile. Sie wollten ein wenig über das wahre Dornröschen nachdenken. Ihnen wurde plötzlich bewusst, dass sie es all die Jahre umsonst bedauert hatten.

Da stand auf einmal der Lehrjunge der Waldarbeiter auf, der sich sonst nie getraut hatte seinen Mund aufzumachen, und sprach laut. „Hört mir zu. Geht es uns anders als dem Dornröschen? Auch über unser Land hat die Angst eine Dornenhecke wachsen lassen. Statt auf unsere Befreiung zu warten, sollten wir die Sache selbst in die Hand nehmen." Da war natürlich ein riesiger Applaus zu hören. Die Elstern hatten eine Idee. „Wir fliegen los und rufen das Volk auf alles, was schneiden kann, in die Hände zu nehmen. Wir werden ihnen die wahre Geschichte erzählen. Von Ute und Sarah und vom echten Dornröschen."

Dafür gab es wieder Applaus. Wenn ich dir jetzt erzähle, was dann geschehen ist, hältst du alles für möglich. Das ganze Volk hat alles stehen und liegen gelassen. Sogar die Kindergärten und Schulen wurden geschlossen. Jeder war damit beschäftigt sich von den Dornen zu befreien. Und irgendwann waren die Sonne und der Himmel wieder zu sehen. Auch die Wege und Straßen. Das Wasser hat dem Land seinen Raum zurückgegeben. Das ganze Land hat sich selbst aus der Gefangenschaft befreit und es wurde ein großes Volksfest gefeiert.

Wenn ich mich recht erinnere, ist aus diesem Ort eine wunderschöne Blumeninsel geworden. Dort scheint die Sonne besonders hell, die Sterne funkeln schön und jeder der dort lebt hat eine wichtige Aufgabe übernommen. In den Kindergärten und Schulen wird den Menschen von Anfang an vermittelt, dass jeder sein Leben selbst in der Hand hat. Folglich wird auch jeder mit dem richtigen Werkzeug ausgestattet. Es gibt Applaus, wenn man sich gut um sich kümmert. Jeder meint es natürlich auch gut mit dem anderen und falls doch mal jemand einen bösen Blick hat, muss er ein paar Tage in seinen Spiegel schauen. Wer dem anderen sagt, dass er nichts kann, muss halt alles alleine machen. In den Pausen erzählen sich die Menschen schöne Geschichten, spielen miteinander, essen etwas Feines oder nehmen sich einfach gegenseitig in den Arm.

Du möchtest wissen, wo es diese Insel gibt?

Denkst du ich hätte Lust 88000 Kilometer durch die Welt zu reisen und mir meine Füße wund zu laufen?

Wer sie finden möchte, muss sich selbst auf den Weg begeben. Ich bleibe hier und fange bei mir an. Meine Gartenschere liegt schon bereit.

Deswegen ist nun auch dieses Märchen zu Ende.

Von Fritzchen Lauscheohr

In einem Dorf, abertausende Kilometer von hier entfernt, lebte einmal ein kleiner Junge, dessen Name Fritzchen Lauscheohr war. Seine Eltern hatten ihn nach seiner Geburt so genannt, weil er bei jedem Geräusch immer ganz aufmerksam wurde. Das konnten sie daran erkennen, dass er dann regungslos da saß oder lag und seine Ohren rieb. Seine Stirn zog er, während er das Geräusch vernahm, nach oben und seine Schultern waren leicht angespannt.

Außerdem besaß er die Fähigkeit, alles in seinem Kopf zu behalten, was er jemals gehört hatte. Das war zeitweise ganz schön anstrengend für Fritzchen Lauscheohr. Darum vermied er es auch große Menschenansammlungen zu besuchen, um seinen Kopf nicht allzu voll zu haben. Fritzchen Lauscheohr ging lieber in die Wälder und auf Wiesen. Da gefiel es ihm, denn in der Natur vernahm er nur Stimmen, die seinen Ohren gut taten. Den Wind, das Rauschen der Blätter, das Knacken der Bäume, das Gezwitscher der Vögel, die Laute der Tiere, das Plätschern des Wassers, das Rollen der Steine und all die anderen Geräusche, die die Natur hervor zu bringen vermag.

Ich will dir noch verraten, dass Fritzchen Lauscheohr besonders gerne an den Bachläufen verweilte. Du sollst wissen, dass Wasser immer bergab fließt. Probier mal aus, Wasser nach oben fließen zu lassen. Da würden die Meere in den Quellen der Flüsse enden. Und nichts wäre so, wie es gedacht ist.

So machte es Fritzchen Lauscheohr besonders viel Freude die Berge hinunter zu laufen, um den Geschichten der Bäche folgen zu können. Und wenn er das Bedürfnis nach Ruhe verspürte, ging er an den Bächen entlang nach oben.

So wurden die Worte des Wassers immer weniger, und gleichzeitig lernte Fritzchen Lauscheohr auch das rückwärts Sprechen. Sobald er an der Quelle angekommen war, vernahm er logischerweise nur noch wenige Worte, die aus dem Dunkel des Erdreichs kamen.

Darum war Fritzchen Lauscheohr einer der Ersten, der von den verborgenen Schätzen in der Erde erfahren durfte. Außerdem wusste er auch von der Existenz der Zwerge und Erdgeister. Und Fritzchen Lauscheohr wusste noch etwas: Tief in der Erde lag ein verborgener Schatz, der von einem gefährlichen Erdgeist bewacht wurde. Von all dem hatte ihm der Bachlauf berichtet. Er hatte ihm auch erzählt, dass in der Gefangenschaft des Erdgeistes eine verwunschene Kröte existierte. Die verwunschene Kröte aber sei in Wirklichkeit ein wunderschönes Mädchen Namens Christinchen Fangdaswort. Bevor sie in die Gefangenschaft eines Zwerges geraten war, hatte sie die Fähigkeit besessen, jedes böse Wort so zu verwandeln und zurückzugeben, dass der, der es vernahm lächeln musste und seine Freude daran hatte.

Doch nun musste sie ihr Dasein als Kröte fristen, in der Begleitung eines garstigen Erdgeistes. Dort gehörte es zu ihren Aufgaben Edelsteine zu polieren und Ketten daraus zu machen. Und sie musste Fliegen und anderes Getier für den Erdgeist fangen, damit der etwas zu Essen hatte. So lebte sie, auf ewig verbannt, im feuchten Erdreich. Was nützen Gold und Edelsteine, wenn man seiner wahren Gestalt beraubt ist und im Dunkel der Gefangenschaft leben muss?

Christinchen Fangdaswort hatte keine Kraft mehr gegen ihr Schicksal anzukämpfen. So seufzte sie bei jeder Gelegenheit: „Ach, würde ich nur erlöst werden.“

Fritzchen Lauscheohr indes war ganz aufgeregt und rannte wie ein aufgezogenes Rennauto zu seinen Eltern. Dort erzählte er die Geschichte vom Schatz, dem bösartigen Erdgeist und von Christinchen Fangdaswort, die als verwunschene Kröte dort leben musste. Fritzchens Mutter schüttelte nur mit dem Kopf und sagte: „Iß Fritzchen, es ist Zeit ins Bett zu gehen." Sein Vater schaute Fritzchen zuerst eine Weile an, bevor er zu ihm sagte: „Fritzchen, du und deine Geschichten. Hättest du nur mal etwas Vernünftiges im Kopf. Sieh nach, ob du alles für die Schule eingepackt hast. Und diesen Frosch, vergiss ihn."

Fritzchen Lauscheohr stand auf, sagte: „Gute Nacht", ging in sein Zimmer, drehte sich noch einmal um, bevor er die Tür hinter sich zuzog und sagte enttäuscht: „Der Frosch ist eine Kröte, Papa."

Als er im Bett lag dachte er immer wieder an die Worte, die er zuvor aus dem Erdreich vernommen hatte. So lange, bis er endlich eingeschlafen war.

Im Traum erschien ihm der Wind in Form einer riesigen Wolke. Sie wollte ihm etwas erzählen. Fritzchen Lauscheohr konnte die Worte allerdings nicht verstehen. Die Wolke blies und blies und blies bis sie schließlich zerplatzte. Das verursachte so einen lauten Knall, dass Fritzchen wach wurde und senkrecht im Bett stand.

Seine Eltern waren schon aufgestanden. Es war Morgen. Er packte seine Schulsachen zusammen und ging in die Küche. Dort erwartete ihn seine Mutter mit einer Tasse warmem Kakao und einem Honigbrot. Nachdem Fritzchen gefrühstückt hatte, verabschiedete er sich von seinen Eltern und begab sich auf den Schulweg. Doch irgendwann sagte etwas in ihm:

„Halt. Geh zur Quelle." Das ließ sich Fritzchen nicht zweimal sagen. Er nahm seine Schultasche, stellte sie hinter einen Holunderbaum und ging immer bergauf, entgegen dem Lauf des Wassers. Währenddessen vernahm er folgende Worte, natürlich rückwärts. Du weißt ja warum. „oW tsib ud nehcztirF? ruN ud tsnnak hcim nesölre."

Nachdem er bei der Quelle angekommen war, setze er sich, um den weiteren Worten von Christinchen Fangdaswort zu lauschen. Er beugte sich über das sprudelnde Wasser und flüsterte: „Was kann ich tun, Christinchen? Ich möchte dich so gerne befreien."

„Gib mir Worte", ertönte die Antwort. „Meine Aufgabe ist, es Worte der Angst in Worte der Freude zu verwandeln. Nur, wenn ich diese Aufgabe erfüllen darf, ist es mir möglich, mein wahres Wesen zu zeigen."

Fritzchen dachte nach. Sein innigster Wunsch war es, Christinchen zu retten. Was konnte er nur tun? In seiner Aufregung nahm er seine Beine in die Hand und rannte los. Den ganzen Weg hinunter, bis zum Holunderbaum. Dort blieb er stehen. Fast wollte er seine Schultasche nehmen und das geringere Übel wählen. Allerdings hielten ihn sein Stolz und sein Kampfgeist davon ab, zur Schule zu gehen. Mutig drehte er sich um, um den Weg nach oben erneut anzutreten. Diesmal erzählte ihm das Wasser folgende Worte: „eiD gnusöL tgeil ni rid. uD tsffahcs se, nned ud tsib sawte znag serednoseb, nehcztirF."

Fritzchen fühlte sich in dem Moment, da er diese Worte vernahm, besonders stark und wollte alles tun, um Christinchen aus ihrer Gefangenschaft zu befreien. Nur hatte er immer noch keine Lösung, wie er es anstellen könnte. Durch all die

Worte, die er in seinem Kopf gesammelt hatte und nie vergessen konnte, war ihm das Nachdenken fast unmöglich geworden. In seinem Kopf war kein Platz für Lösungen. Weder für die Mathematikergebnisse noch für solch eine wichtige Aufgabe, wie die Erlösung von Christinchen Fangdaswort. Darum setzte er sich an die Quelle. Er weinte, als er folgende Sätze ins Erdreich schickte:

„Ich finde keine Lösung." Christinchen flüsterte. „In dir ist alles vorhanden."

Der Dialog ging mit folgenden Sätzen weiter:

„Ich habe Angst." „Hab Vertrauen."

„Was soll ich tun?" „Alle Antworten liegen in dir."

„Wer bin ich denn schon?" „Du bist etwas ganz Besonderes."

„Ich kann das nicht." „Du schaffst das."

„Ich bin doch viel zu klein." „Du bist groß genug, um das, was dir wichtig ist, tun zu können."

„Wer bin ich?" „Du bist der wichtigste Mensch für mich."

Auf einmal wurde es ganz hell um Fritzchen Lauscheohr. Der Wind kam und blies ihm ins Gesicht. Er sah genauso aus wie die Wolke, die er in seinem Traum gesehen hatte. Diesmal allerdings verstand er sie, als sie ihm zublies: „Von nun an wird sich alles wandeln."

Im selben Augenblick öffnete sich das Erdreich. Ein hübsches Mädchen trat lächelnd vor Fritzchen. Sie trug einen Korb mit Gold und Edelsteinen in der Hand. Die hatte ihr der garstige

Erdgeist zum Abschied geschenkt. Der hatte nämlich ein ganz schlechtes Gewissen bekommen. Nur weil er sich einsam gefühlt hatte, hatte er Christinchen Fangdaswort in eine Kröte verwandelt. Dabei wollte er doch nur ein bisschen Gesellschaft haben und hatte gar nicht bemerkt, wie Christinchen immer trauriger wurde.

Weil Erdgeister eigentlich niemandem etwas Böses wollen, haben sich Christinchen und der kleine Gnom die Hand gegeben und sich verziehen. Und weißt du was? Christinchen hat dem Erdgeist verraten, wie das mit dem Umwandeln von Wörtern geht. Durch das, was Fritzchen zu Christinchen ins Erdreich gerufen hatte, hatte ja die Verwandlung in gute Wörter erst geschehen können. Das hatte dem Erdgeist so gut gefallen, dass er das ab jetzt nur noch machen wollte. Als Erstes hat er sich vorgenommen in das Märchen vom Rumpelstilzchen zu gehen. Da gibt es ganz schön viel zu retten. Vor allen Dingen das Rumpelstilzchen. Die Bauerstochter hat ja ihren Prinzen und das viele Gold bekommen. Das arme Rumpelstilzchen allerdings ist vor lauter Bösartigkeit im Erdboden verschwunden. Und genau das wird der Erdgeist nun rückgängig machen. Darum gibt es jetzt auch wieder viel mehr Kobolde. Die sind gut, so wie sie sind. Deswegen brauchen sie sich auch nicht mehr im Erdreich zu verstecken, wenn sie das nicht wollen. Und das alles haben wir Christinchen Fangdaswort, Fritzchen Lauscheohr und dem Erdgeist zu verdanken. Und jedem, der bereit ist, sich verwandeln zu lassen.

Du möchtest sicher wissen, was aus Fritzchen und Christinchen geworden ist?

Die sind natürlich zuerst einmal groß geworden. Christinchen durfte bei Fritzchen und dessen Eltern leben.

Vor Kurzem habe ich gehört, dass die beiden oft an den Flüssen und Bächen entlang wandern und immer dort verweilen, wo es etwas zu verwandeln gibt. Heute sollen sie eine kleine Anhöhe bestiegen haben. Dort sollen sie sich an der Quelle des Baches niedergelassen haben, an dem sie zuvor entlang gewandert waren. Sie wollten wohl mal ihre Ruhe haben.

Bevor du das Buch zuschlägst, verrate ich dir noch, was ihnen das Wasser erzählt hat.

SEDEJ NEHCRÄM THEG LAMNIE UZ EDNE, ROVEB NIE SEUEN NENNIGEB FRAD.

In dir ist alles vorhanden
EID TSI ENIEK ESSAT

Vom Träumling

Es war an einem nebligen Herbstnachmittag, die Luft roch nach feuchtem Boden und verwelkten Blättern, da bereitete sich ein Wesen auf den kommenden Winter vor. Es wohnte in einer Höhle. Das Wesen, von dem ich dir berichten will, trug Äpfel und Birnen, Nüsse und Kastanien, Honig, Hagebutten und allerlei Getrocknetes in seine Behausung. Auch Feuerholz und trockenes Laub, um sich ein warmes Bett zu bauen. Außerdem sammelte es die letzten Farben des Herbstes ein, damit es das, was es im Winter am liebsten tat, tun konnte.

All seine Wünsche und Vorstellungen malte es auf die steinigen Wände seiner Behausung. Und immer, wenn es malte, dachte es sich in seine Bilder hinein und erlebte alles so, als würde es wirklich so geschehen, wie es sich auf seinen Bildern zeigte.

Ich würde dir gerne seine Gestalt beschreiben. Das ist allerdings nicht so einfach, denn es besaß die Fähigkeit sich zu verändern. Mal war es groß und stark wie ein Riese. Ein anderes Mal konnte man meinen, ein Gartenzwerg hätte sich im Wald verlaufen. Das nächste Mal nahm es sogar die Gestalt eines wütenden Ungeheuers an.

Nur während des Malens, da schlüpfte es in die Form eines schönen Jünglings. Dann war es an Schönheit und Anmut mit nichts mehr gleichzusetzen. Die Bewegungen waren leicht, das Gesicht zeigte ein Lächeln und die Augen strahlten. Meist sprach es mit den Gestalten, die es auf die Wände malte, und erlebte dabei allerlei Abenteuer.

Du willst wissen, wer dieses Wesen war?

Ich kann es dir nicht sagen. Es schien, als sei seine Gestalt im jeweiligen Augenblick seines Seins die wirkliche. Auch ich habe dieses Märchen noch nicht zu Ende gelesen. Hab Geduld. Es wird sein wahres Gesicht schon zeigen.

An dem Tag, als es sich um seine Vorräte kümmerte, wirkte es ein wenig plump und nachdenklich. Wenn nicht sogar traurig. Während es alles in die Höhle trug, hingen ihm die Arme schwer hinunter, der Kopf war zu Boden gesenkt, der Rücken war krumm. Über die Wangen liefen ihm Tränen. Es trauerte über die verloren gegangen Farben der späten Jahreszeit und wusste, dass eine karge Zeit bevorstand.

So ging es mit schlurfenden Schritten durch die Höhle, um die Wintervorräte zu verstauen. Nachdem es mit seiner Arbeit fertig war, hatte es kaum mehr Kraft. Weil aber der kalte Winter bevor stand, und ein langer Schlaf den Tod bedeuten würde, nahm das Wesen seine letzte Kraft zusammen und stürzte sich zum Ausgang der Höhle.

Und plötzlich fuhr die Wut in es hinein. Es riss die Arme nach oben und schrie so laut, dass sich die Erde bewegte und die Steine von den Bergen rollten. Es schrie und schrie und schrie. Es schrie so lange, als würde es kein Ende mehr nehmen wollen. Anschließend warf es sich zu Boden und schlug seine zu Fäusten geballten Hände tief in den Boden hinein.

„Wer stört unseren Schlaf und poltert herum wie ein siebenundzwanzig Mal getretener Fußableger? Denkst du der Wald gehört dir allein? Zuerst malst du uns in deinen schönsten Farben, um uns danach die Ohren vollzuschreien. Das hat man gern. Wie siehst du überhaupt aus? Bist du derselbe, der den Pinsel in der Hand hielt, als wir entstanden? Da hast du noch ausgesehen wie der Prinz, der kurz davor ist seine Prinzessin in den Arm zu nehmen. Und nun macht es den Anschein als seist du das Biest. Warum hast du uns hinter den sieben Bergen weggeholt. Wir waren gerne dort. Auch wenn es nur ein Märchen ist. Wozu das ganze Durcheinander? Wer bist du? Nenn uns deinen Namen."

Das Wesen wurde langsam wieder ruhig, stützte seine Hände unter das Kinn und dachte nach. Es dachte und dachte und dachte und konnte nicht mehr aufhören zu denken. Mit einem Mal stand es auf und sagte: „Jetzt haben wir den Salat." Danach setzte es sich vor den Eingang seiner Höhle und schwieg.

Nach einer langen Zeit des Schweigens sprach es in ruhigen Worten. „Mein Name ist Träumling. Es hat einmal ein Land gegeben, in dem nur Kinder und Träumlinge gewohnt haben. Die konnten sich alles denken, was sie wollten. Wie sie dachten, so geschah es auch. Eines Tages aber kam jemand, den hatte man seiner Träume beraubt. Der konnte an nichts mehr glauben. Er hielt nur das für wahr, was er mit seinen beiden Augen sehen konnte. So wurde er immer einsamer. Er war ja nicht in der Lage sich an den Träumen der anderen zu beteiligen. Und irgendwann wurde er auch noch blind.

Von diesem Zeitpunkt an erzählte er den Menschen, dass es außer der Existenz der Dunkelheit nichts geben würde. Er erzählte es immer wieder, bis immer mehr Erwachsene und Kinder an die Dunkelheit glaubten. So wurde es in diesem Land immer düsterer. Je mehr Menschen glaubten was er erzählte, desto dunkler wurde es. Und irgendwann gab es nur noch ein einziges kleines Licht. Einige Kinder und Erwachsene, auch ich, haben sich auf den Weg gemacht, diesem Licht zu folgen. Unsere Wege hatten sich aber irgendwann getrennt, weil auch wir das Licht plötzlich nicht mehr sehen konnten. Alle glaubten es an einem anderen Ort. So bin ich in diesen Wald gekommen. Ich habe immer gerne gemalt. Deswegen habe ich euch zu mir geholt. Ihr habt mir imponiert, weil ihr dem Schneewittchen eine Herberge gegeben habt."

Der Träumling schaute die sieben Zwerge an, als der erste aufstand und fragte: „Warum hast du mich so klein gedacht?" Der Zweite sagte: „Warum hast du uns so schwer arbeiten lassen?" Der Dritte meinte daraufhin: „Warum hast du uns hinter den sieben Bergen versteckt?" Der Vierte rief. „Du hättest das Schneewittchen sich auch in einen von uns verlieben lassen können!" Der fünfte Zwerg erhob sich und flüsterte. „Warum sollte das Schneewittchen überhaupt sterben?" Der sechste Zwerg schimpfte. „Denkst du, das Glück wäre nur auf einem Schloss zu finden?" Da stellte sich der siebte Zwerg vor alle anderen und sprach: „Doch wenigstens hast du uns den Gesang geschenkt."

Der Träumling sah die sieben Zwerge mit großen Augen an. Es tat ihm leid, was ihnen durch seine Malerei widerfahren war. Doch mit einem Mal ging ihm ein Licht auf. „Warum lasst ihr andere über euer Leben entscheiden? Gerade habt ihr mich für euer Dasein verantwortlich gemacht. War ich es, der euch befohlen hat, hinter den sieben Bergen zu bleiben? Habe ich das Schneewittchen von euch wegtragen lassen? Ihr habt euch erschaffen lassen und habt aufgehört zu denken. Seid froh, dass euch der Wolf nicht gefressen hat. Hättet ihr euch auch von der Hexe in den Ofen stoßen lassen, wenn es einer so geschrieben hätte?"

Da sprang mit einem Mal eine Dame aus dem Busch.

Sie drehte sich drei Mal im Kreis und rief: „Schluss mit der Hexerei. Ich wollte nie böse sein und kleine, unschuldige Kinder fangen. Schaut mich an. Ich kann euch mehr über Pflanzen und Kräuter erzählen, als ihr jemals in einem Buch finden werdet. Irgendwelche Besserwisser, die es nicht leiden können, wenn jemand mehr weiß als sie selbst, haben mich dann als Hexe verschrien. Nur habe ich mich im Gegensatz zu euch umgedacht. Einmal habt ihr geglaubt ich sei das Schneewittchen, ein anderes Mal war ich das Aschenputtel. Heute dürft ihr mich als Waldfee bewundern." Sie strahlte den Träumling an und drehte sich mit ausgebreiteten Armen vor ihm im Kreis. „Siehst du, Träumling. Du bist nicht der Einzige, der diese Gabe besitzt."

Da erinnerte sich der Träumling wieder an das Leben in seinem Land und wie schön es war gemeinsame Träume zu haben. Jeder hatte das Leben geführt, wie er es sich gedacht hatte. Er schaute die Waldfee an und die Waldfee schaute den Träumling an. Auf einmal standen da ein Junge und ein Mädchen. Und um die beiden versammelten sich ein Bauer, ein Jäger, ein Prinz, ein Pirat, ein Pilot, ein Lokführer und ein Siebenkämpfer.

Die Zwerge hatten sich so gedacht, wie sie sich gerne hätten.

Da saß doch wirklich ganz oben in der Tanne ein alter Schriftsteller. Er schrieb und schrieb und schrieb. Dabei rieb er sich immer wieder in die Hände, grinste währenddessen und flüsterte. „Genauso habe ich es mir gedacht."

So entstand nach und nach wieder ein Land der Selbstdenker. Das sah heute so und morgen so aus. Wie es sich die Menschen halt gedacht haben.

Der Träumling und die Waldfee, vielmehr der Junge und das Mädchen, sind zusammengeblieben und haben sich ihr Leben schön gedacht. Die sieben Zwerge haben sich ausprobiert. Die waren heute dies und morgen das. Der Schriftsteller ist im Augenblick eine Eule. Er wollte schon immer mal weise sein. Und weißt du, was das Schönste ist? Ich habe gehört, dass sich immer mehr Menschen auf den Weg machen dieses Land zu finden. Ich bin davon überzeugt, dass sie es auch finden werden, solange sie daran glauben.

Für mich ist dieses Märchen jetzt zu Ende. Ich will mir gerne ein paar Gedanken machen, damit etwas Neues entstehen kann.

Lass es dir gut gehen. Und vergiss deine Träume nicht.

Ich wünsche dir,
dass deine Gaben den Weg zum Licht finden.

Ich wünsche dir,
dass du die Liebe spürst, die dich sanft,
wie ein wärmender Mantel, umhüllt.

Ich wünsche dir
den Mut die Dinge zu tun,
derer du dich erfreust.

Ich wünsche dir
einen Platz, auf dem du sicher stehst.

Ich wünsche dir Hände,
die die Fähigkeit haben nach den Sternen zu greifen.

Ich wünsche dir Menschen,
die es gut mit dir meinen.
Ich wünsche dir,
dass dein Weg leicht ist,
und sich wandelt mit den Dingen, die du tust.

Ich wünsche dir
die Leichtigkeit, das anzunehmen,
was du als Last empfindest.

Ich wünsche dir
die Lösung aller Knoten,
die dir das Gefühl der Unfreiheit vermitteln.

Ich wünsche dir
Dankbarkeit für alles, was dir widerfährt,
und dass du deine Wut als Quelle der Kraft entdeckst.

Eine kleine Gewitterhexe wird ganz groß

Birgit Lotz

An einem stürmischen, gewittrigen Abend landet mit einem Riesenrums eine kleine Gewitterhexe auf dem Dachboden einer Geschichtenerzählerin, denn sie hatte das Gefühl, von ihr gerufen worden zu sein.

Von nun an beginnt für die beiden eine abenteuerliche Zeit. Sie lernen beide voneinander, finden neue Freunde und sogar einen Schatz. Dabei erleben sie, wie aus der kleinen Gewitterhexe eine frohe, mutige und große Hexe wird.

Eine bebilderte Geschichte zum Lesen oder vorlesen lassen ab 5 Jahren.

Format A5 • 72 Seiten • ISBN 978-3-940930-41-5

Mit deinem Engel durch die Nacht
Oder wie der Sand in deine Augen kommt

Anneke Cochlovius

Viele Eltern und Kinder glauben nicht daran, dass der Sandmann den Kindern abends zum Einschlafen Sand in die Augen streut. Diese Geschichte erzählt, wie der Sand tatsächlich in die Augen kommt.

In dieser liebevoll gemalten Geschichte erfahren die Kinder, wie sie von Gott und ihrem Schutzengel begleitet und beschützt werden und sich im Schlaf immer wieder von den Anstrengungen und Sorgen, die das Leben manchmal mit sich bringt, erholen können. Ein Gute-Nacht-Buch der besonderen Art, weil sich die Kinder nun freuen,schlafen gehen zu dürfen.

Format 21x21cm • Hardcover • 16 Seiten • ISBN 978-3-940930-19-4

Ein Kind geht ins Licht

Anneke Cochlovius

Das Trostbuch für Familie und Freunde

Ein Kind zu verlieren ist das Schmerzhafteste, das einer Familie und Freunden widerfahren kann. Was kann man da noch sagen und tun um zu trösten? Dieses Buch möchte Kindern, Eltern und Freunden helfen, die Trauer zu zeigen, den Schmerz zu akzeptieren und das eigene Leben bewusster und in Freude annehmen zu können.
Format 21x21cm • Hardcover • 16 Seiten • ISBN 978-3-940930-20-0

Engel begleiten dich

Rosemarie Gehring

Ein Schutzengelbuch

Dieses Buch führt die Kinder und Kind gebliebenen Erwachsenen mit liebevoll gestalteten Bildern in die Welt der Engel. Jeder der hier gemalten Engel hat seinen bestimmten Aufgabenbereich, den er vorstellt und durch die Energie, die die Bilder ausstrahlen, dem Betrachter näher bringt.
Format 21x21cm • Hardcover • 32 Seiten • ISBN 978-3-940930-15-6

Engel, Elfen, Naturwesen

Ingo Hagen & Karu

Ein Malbuch • Enthält 12 Wachsmalstifte von Faber-Castell

In diesem Buch findest du viele freundliche Elfen, lustige Trolle, elegante Feen und andere Naturwesen. Du kannst sie mit den beiliegenden Stiften ausmalen ganz wie du möchtest. Du kannst auch den Hintergrund farbig machen und sogar die kleinen Zeichnungen am Rand mit jeder Farbe füllen, die dir gefällt.
Format 21x21cm • Softcover • 56 Seiten • ISBN 978-3-940930-14-9

Weitere Bücher von der Autorin Birgit Lotz

Lea existiert

Triff LEA und lasse dich von ihr einladen auf eine wundervolle Reise, auf liebevolle, erstaunliche und atemberaubende Erkenntnisse und Begegnungen.
LEA hat Lust, dich kennen zu lernen. LEA erwartet dich. LEA wagt mit dir einen Aufbruch. Lass dich ein auf LEA und ihr Geheimnis!

LEA ist.
LEA ist Lachen, Einfallsreichtum, Aufmerksamkeit. LEA steht für Liebe, Empfangen, Atmen.
LEA heißt Leben, Empfinden, Auf den Weg machen.
LEA existiert.

Edition Philosophischer Geist
Format A5 • 60 Seiten • Kartoniert • ISBN 978-3-940930-29-3

Herr Emil und die Gartenbankgeschichten oder Immer noch Farbe zu sehen

Herr Emil sitzt auf seiner Gartenbank und lässt im Gespräch mit verschiedenen Besuchern wichtige Erkenntnisse seines Lebens Revue passieren. Dies geschieht immer in Form einer Geschichte, die er seinem Gast erzählt, indem er diesem einen Platz auf der Gartenbank seines Hauses anbietet. Du erfährst als Leser viel über dich selbst, und hast die Möglichkeit durch die Geschichten von Herrn Emil deine eigene Sicht auf das, was in dir und um dich herum geschieht aus einer neuen Perspektive zu sehen. Vielleicht ziehst du daraus sogar neue Schlüsse und Erkenntnisse für dich und deine aktuelle Lebenslage. Ein wunderschönes Buch, das berührt und zum Nachdenken anregt.

Edition Philosophischer Geist
Format A5 • 60 Seiten • Kartoniert • ISBN 978-3-940930-38-5